現代女性作家読本　⑯

宮部みゆき

MIYUKI MIYABE

現代女性作家読本刊行会　編

鼎書房

はじめに

本現代女性作家読本シリーズは、二〇〇一年に中国で刊行された『中日女作家新作大系』（中国文聯出版）全二〇巻の日本方陣に収められた十人の作家を対象とした第一期全十巻を受けて、小社刊行の『現代女性作家研究事典』に収められた作家を中心に、随時、要望の多い作家を取り上げて、とりあえずは第二期十巻として、刊行していこうとするものです。

しかし、二十一世紀を迎えてから既に十年が経過し、文学の質も文学をめぐる状況も大きく変化しました。それを受けて、第一期とはやや内容を変え、対象を純文学に限ることをなくし、幅広いスタンスで編集していこうと思っております。また、第一期においては、『中日女作家新作大系』日本方陣の日本側編集委員を務められた五人の先生方に編者になっていただき、そこに付された解説を総論として再録するかたちのスタイルをとりましたが、今期からは、ことさら編者を立てることも総論を置くこともせずに、各論を対等に数多く並べることにいたし、また、より若手の研究者にも沢山参加して貰うことで、柔軟な発想で、新しい状況に対応していけたらと考えています。

既刊第一期の十巻同様、多くの読者が得られることで、文学研究、あるいは文学そのものの存続のための一助となれることを祈っております。

現代女性作家読本刊行会

目次

目次

宮部みゆき

『パーフェクト・ブルー』――〈俺〉が《聴く》物語――倉田容子

『パーフェクト・ブルー』（東京創元社、89・2）は、ミステリ叢書『鮎川哲也と十三の謎』の第五回配本として刊行された、宮部みゆき初の単行本作品である。語り手は〈俺〉こと犬のマサ。犬といってもただの犬ではない。人間の言葉も解るし、野球のルールだって知っている。元警察犬であり、引退した今は蓮見探偵事務所に引き取られ、調査員であり蓮見家の長女である加代子の〈円卓の騎士〉をもって任じている頼もしい老犬だ。

物語は、〈俺〉と加代子が家出少年・諸岡進也を探すところからはじまる。進也を発見し、諸岡家へと連れ帰る途中、彼らは高校野球の名門校松田学園のエース・諸岡克彦が全身にガソリンをかけられ焼かれる現場に遭遇する。克彦は進也の兄であった。行きがかり上、加代子たちは進也とともに犯人探しに乗り出すことになる。

事件の背後には、かつて大同製薬が開発していたドーピング・テスト用の試薬ナンバー・エイト（別名パーフェクト・ブルー）をめぐる駆け引きがあった。五年前、大同製薬は何も知らない子供たちを対象に密かに人体実験を行っていた。少年野球やサッカーのチームに会社所有のグラウンドを無料同然で貸し出す代わりに、微量の筋肉増強剤を混入させた乳酸飲料や肝油を購入させ、常用させる。そして貸出日当日に子供たちにナンバー・エイトを服用させ、彼らの汗から陽性反応の有無をチェックしていたのである。だが、問題が発生した。ナンバー・エイトと同じ薬物がアメリカでも開発され、その副作用についての論文が発表されたのだ。大同製薬は実験を打ち切り、〈事態を収拾して全てを闇に葬った〉。それから五年後、人体実験の証拠と被験者リストを持つ男が、大同製薬と、現在スポーツ界で活躍中の、克彦を含むかつての被験者たちに強請をかけてきた――。

戸川安宣「宮部さんのデビューの頃」（宮部みゆき『心とろかすような――マサの事件簿』創元推理文庫、01・4）によれば、本作はソウル・オリンピックの直後にあたる一九八八年一〇月に脱稿された。今日、ソウル・オリンピックはドーピング問題の分岐点と目されている。同年九月二四日、陸上競技男子百メートルでベン・ジョンソンが九秒七九の世界記録を打ち立てて優勝。その三日後、ドーピング検査で陽性反応が出たため記録と金メダルを剥奪された。この事件を契機としてスポーツ界におけるドーピング蔓延の実態が耳目を集め、検査方法や罰則が強化されることとなる。『パーフェクト・ブルー』が刊行されたのは、翌年の二月。偶然とは言え、そのモティーフは極めて時宜を得たものであり、宮部の慧眼を鮮やかに印象付ける単行本デビューであった。

本作の眼目は単にドーピング問題を早い時期に取り上げただけでなく、その問題の複雑性を照らし出した点にある。ドーピングは、薬物を使用する個人の倫理の問題などではなく、製薬業界の拝金主義やスポーツ界の競争原理が生み出した社会悪として描かれている。それゆえ、小説全体の印象はむしろ明るい。全体は三章から成り、各章の間に挿入された〈幕間〉において、ナンバー・エイトをめぐる大同製薬の非情な遣り口が同社の総務課長補佐・木原の視点から語られる。それと対照を成すように、〈俺〉を視点犬とする一～三章では、ナンバー・エイトに翻弄される人間たちの悲劇と、気丈に真実を突き止めてゆく進也たちの姿が、温かくもユーモラスな語り口で語られている。兄の命を奪った理不尽な暴力への怒りをあらわにする進也を見て、〈俺〉は心中で呟く。〈そうだ。そうやって怒っていた方がいい。お前さんらしいぞ〉。少年少女たちの純真さと、彼らを見守るマサや加代子の父（蓮見探偵事務所所長）、スナック〈ラ・シーナ〉のマスターといった大人たちの包容力が心地良く調和し、爽やかな社会派ミステリとなっている。少なくとも、末尾に至るまでは、読者はそう信じ込まされている。

そう、末尾で明かされる真実は、《悪の権化・大同製薬》対《翻弄される市井の人々》という二項対立を揺るがしてしまうのだ。克彦殺害の真犯人は、あまりにも身近なところにいた。物語に登場した瞬間から一人だけ不協和音を奏でていた人物、克彦と進也の母・久子である。久子は、克彦の死の直後、進也に向かって〈どうしておまえが死ななかったのよ!〉と叫び、入院先のメンタル・クリニックに見舞いにきた進也に〈克彦、おまえはね、本当は、あんまり丈夫じゃないんだから〉と語りかける。夫の諸岡は〈あれは本当に――おとなしいだけの女です。私の知っている久子は、いつも誰かの袖をつかんでいないと不安でいられない女でした〉と語っているが、単に〈おとなしいだけ〉とは到底思えないほど、その言動は毒々しい我執に満ちている。

思いがけない贈物をもらった母親は、それが壊れないか、傷つかないか、手のなかから逃げていかないか、始終怯えている。その怯えを消してやれるのは、贈物である克彦だけなのだ。

久子の心を捉えていたのは、進也でないことは勿論、おそらく生身の克彦でさえなく、〈贈物〉としての、スター選手としての克彦であった。諸岡は信也にこう語る。〈あの子はお前と同じように、何一つ手札を伏せずに闘おうとしていた。なにも恥ずかしいことなどない。隠すこともない。そしてうちを出ていこうとした。どこかこのことを話せる場所に、警察でも、新聞社でもいい、飛び込むつもりだと言って〉。強請を告発しようとした克彦は、止めようとする久子と揉み合いになり、階段から転落死する。〈母さんは必死だった。誰よりも怯えて、恐れていたから必死の力を振り絞っていた〉。久子は何を〈恐れていた〉のか。それは、息子の将来を憂う親心であるよりも、〈将来を嘱望される甲子園の星の母親〉という立場への執着から生まれた〈恐れ〉だったのではないか。

諸岡の言い分にも不審な点がある。克彦の死後、諸岡はその遺体を焼いた上、克彦殺害の濡衣を着せるために克彦の同級生・山瀬浩を殺害した。動機について諸岡は、事件が警察の手に渡り被験者リストが公になることで〈私たちと克彦が味わった苦しみが、あと百人もの子供たちの家庭で繰り返される。それだけはどうしても避けたかった〉と語る。さらに、自らもナンバー・エイトの後遺症に苦しむ山瀬は全てを知る〈生き証人〉であることや、転落事故の原因を聞かれたら言い繕える自信がなかったことなどを殺害の理由として挙げているが、山瀬に濡衣を着せる必然性は見出し難い。諸岡もまた久子と同じ〈恐れ〉に取りつかれていたように見える。

ただし、諸岡たちの言動も、ドーピング問題と同じく、彼らの倫理観や人間性のみに由来するものではないことが随所で仄めかされている。進也の捜索を依頼する際、彼らはスキャンダルを恐れて代理人を寄こした。その神経質なやり方に〈俺〉は理解を示し、〈高校野球のスター選手といったら、きょうびでは下手なタレントより人気がある。マスコミも世間も注目している〉と彼らの事情を代弁する。加えて、連帯責任を原則とする日本学生野球憲章や、それを逆手に取って不祥事を捏造しライバル校を蹴落とそうと目論む新興のスポーツ名門校の存在が前景化されることで、事態が既に諸岡家だけの問題ではなくなっていることも示されている。同様に、ナンバー・エイト投薬実験の責任者である大同製薬専務取締役の幸田でさえも、暫定的な黒幕に過ぎない。〈私が自分のしてきた仕事に、大同製薬に誇りを感じていないわけではありません。人間がそうであるように、組織だって、いいこともすれば悪いこともします〉という木原の言葉は、そのまま幸田の言ともなり得るからだ。

〈俺〉は誰のことも咎めず、辛抱強く人間たちの語りに耳をそばだてる。描かれた問題の新しさやプロットの巧みさも然ることながら、こうした語り手の思慮深い知性こそ宮部作品の真面目《しんめんもく》であろう。その意味において、《よく訓練された老犬》という〈俺〉の設定は、後に次々とベストセラーを生み出すこの当代随一のストーリーテラーの特質を端的に示すものであったと言えるのではないだろうか。

（杉野服飾大学専任講師）

心理的ではないものへ
――「魔術はささやく」が語りかけてくるもの――

上田　薫

東北のとある市の職員だった父敏夫が、五千万円の公金を横領したまま突然失踪したのは十二年前のことだった。九ヶ月前に母啓子が急死し、高校一年生の日下守は今東京に住む叔母より子の元に身を寄せている。敏夫の犯した罪の為に肩身の狭い土地をなぜ母が離れようとしなかったのか守には最後まで分からなかった。物心のつく年齢になって、人々の冷淡な態度の理由を知り、目にあまるいやがらせもうけたが、守の為に必死で働く母と、知り合った近所の知人〈じいちゃん〉が彼の心の支えになっていた。錠前師だった〈じいちゃん〉に習った金庫破りのテクニックが、やがて守が巻き込まれる事件の謎を解いてゆく鍵になる。〈じいちゃん〉も母が死ぬ少し前に死んでしまったが、〈じいちゃん〉は守に次のような大切な教えを残していた。〈弱さの言い訳を探してはいけない〉これが、この作品のライトモティーフである。

私はこの非常に良く出来たミステリー小説を技巧論から論じようとは考えていない。ただ一つこの小説を通して考えた、ミステリーというものの方程式について述べてみたい。

推理小説やミステリーに不可欠なのはいうまでもなく真犯人の隠蔽と、種明かしまたは犯人の処罰である。ポーの「モルグ街の殺人」のように人間ではない犯人や異常心理に対しては死や拘束によってしか報いることが出来ないが、基本的にミステリーは犯行の動機を解明しそれを処断する。この「魔術はささやく」でも、先ず守を陥れようとした同級生の屈折した心理が暴かれ、次に犠牲者たちの犯した罪、そして真犯人の犯行の理由、最後に守の父の失踪にまつわる罪の断罪というように、登場人物の心理は解明されてそれぞれ相応の報いを受ける。ただひとり守だけが、怒りや憎しみ、即ち自分の弱さから犯罪に手を染めることを免れ、罪の空間である自己の内面性を克服してゆくのである。宮部みゆきの小説には度々逆境に立たされた少年たちが登場するが、少年たちに与えられる使命はまさにそれなのである。

例えば、この小説でも大造の事故後、同級生の三浦邦彦は教室に叔父の犯した死亡事故を喧伝したり、部費の紛失を守の犯行としたりする悪質ないやがらせを重ねる。これに対して宮部は三浦という少年の心理を次のように解説する。〈自分には足りないものはないが、同じように足りないものがない人間はほかにもたくさんいる。自分も十持っていて、隣の人間も十持っている状態で、その隣にいる人間に対して優越感を感じたいと思ったら、相手から何かを取り上げてしまうしか方法がない。そうしないと満足できない〉というように。こうしたネガティブでメカニカルな心理は解剖され解消されてゆく運命にあるようだ。守は三浦のこうしたメカニカルな心理を逆手に取り、恐怖心を煽る方法で三浦の暗躍を終結させる。つまり、心理的なものはミステリーにおいては、分析され無力化されてゆく定めにある。ネガティブな思考回路に落ち込んでいった者は、少なくともこの小説では悉く断罪されてゆく。命を狙われた四人は詐欺商法と知りながら、男たちから大金を巻き上げていた女たちであった。女たちは自分に都合の良い理由で自己弁護して、誰でもやっていることだとでもいうように小さな罪に手を染めていたのである。女たちに共通していたのは、自分たちの小さな罪が許される理由をそれぞれ自分で案出していた点である。仕事は高額の商品を買わせる為に男たちと交際することであった。だとしても男たちは遊んだ時間を楽しんだはずだとか、騙される方が馬鹿なのだとか、ほんの一時のことでしかないなどと、自分に言い聞かせて罪を自ら減債していた。しかし、この自己完結的な心理は、やはり大きな論理の中で量られ、裁かれねばならなかったのである。この大きな論理がミステリーを終局に向かって回転させるのである。

この事件の真犯人も実は最後に死ぬ。真犯人の原沢は病によって死ぬのだが、これも一つの報いとして与えられた結末だということが出来る。最愛の弟子を自殺に追い込まれた悲しみへの復讐が犯行の理由であるが、憎しみにかられて自ら犯罪の断罪者になろうとした原沢の心理も、宮部は克服されるべき心理と見なしているのである。原沢の最後の復讐は守によって阻まれてしまう。そして病が原沢の命を取り上げてゆく。これも外部の世界と切り離された閉鎖的な内部世界が解消される一つのケースと見ることが出来る。壺のように内部が見えぬ心理が何一つ残っていることがないように、小説世界は一つ一つ心理の山をならしてゆく。そして、犯行のすべてが解明され事件はすべて解決する。しかし、この物語にはまだ開かれていない心の扉が一つ残っていた。それが守の父の失踪を説き明かすことのできる扉なのであった。誰も自己の暗い内部を秘め隠して生きてゆくことはできないと言っているかのようである。守は原沢から守の父は既に死んでいること。そして父を交通事故で誤って殺したのは、大造を助けた吉武浩一であり、それは吉武の守に対する償いのためだったということを知る。吉武はこの償いの感情を殆ど愛と感じていたが、守はこの吉武の愛を同情と感じる。自ら抱える悲しみを補償するために作られた守や守の母に対する吉武の好意を守は拒否する。

宮部は吉武の心理を次のように解明している。吉武は零落した名家の出であったが、実業家の娘に見初められ結婚が決まり、運が開けたと思った矢先に不運にも誤って男を轢き殺してしまう。吉武はその事故を隠匿して現在の地位を築いてきた。しかし、吉武は轢いてしまった男の妻子への罪意識から陰ながら支援を続けるうちに、自分が轢き殺した男の息子守やその妻啓子に次第に深い愛情を感じるようになっていたのである。吉武は守の身に降り掛かってきた事件に救いの手を差し伸べようと名乗りを上げ、できれば守への愛情を心の糧として生きてゆきたいと願っていたのであった。だが、その吉武の想いは、守によって拒絶される。この吉武の愛情はなぜ守に拒まれるのか。読者は皆それを理解するが、吉武だけはその理由に気付かない。たとえこの現在の感情が極めて純粋な愛に近いものだったとしても、この感情の根底には彼自身が隠蔽している罪の意識が横たわっている。この自己の内部に向かうネガティブな感情がある限り、物語はこれを裁かずにはおかないのである。それは、守の心の拠り所となっていた〈じいちゃん〉の守に対する愛情と比較するとよく分かる。〈じいちゃん〉の守に対する感情は、全く一つの認識より発するものであった。〈じいちゃん〉は守が先ずどんな人間かを見極める。そして、守の優れた性質を信頼して自分の仕事の技術を教える。その感情の根底には自己に向かう如何なる感情もない。

〈じいちゃん〉は守の為に、守の生涯を案ずるだけなのである。守はこの想いの純粋さを感じ取る。そして、〈じいちゃん〉の決して言い訳を探してはならないという教えを知らず知らず自らの人生の道標としてゆくのである。小説では、実は一切説明されていないが、なぜ守の母が夫の不名誉が降り掛かってくる土地を離れなかったのか。それは彼女が守の母として決して自身の弱さから逃げ出さない生き方をさせる為だったのではないか。何ものかから、逃げ出す者は心理に陥り、犠牲者の女たちや、原沢や、吉武のように言い訳を生きるようになる。だがら、そうした心理を免れさせるために、守の母は夫の罪のただ中で生きるよう定められたのではなかろうか。私はこの小説が一つのこと、即ち人間の内面が罪の空間であること、この隠匿された壺のような罪の空間を裁き、いわば逃げ込む隙間とてない鏡のような清らかな心に至る道を、守という少年を通して描こうとしたのではないかと思うのである。

（日本大学芸術学部教授）

『我らが隣人の犯罪』——記号化された《子供》目線——

小澤次郎

『我らが隣人の犯罪』（文芸春秋、平成二（一九九〇）年一月）は、宮部みゆきにとってはじめての短編集である。小説五篇から構成され、とくに巻頭の表題作「我らが隣人の犯罪」（「オール読物」昭和六十二（一九八七）年十二月号）は第二十六回オール読物推理小説新人賞の受賞作でもあり、宮部みゆきの文壇デビューを飾った。以下、配列順に「この子誰の子」（「週刊小説」平成元（一九八六）年九月二十九日号）、「サボテンの花」（「小説現代」平成元年三月号）、「祝・殺人」（「問題小説」平成元年十月号）、「気分は自殺志願《スーサイド》」（「オール読物」昭和六十三年八月号）とつづく。初出誌の出版元は、「オール読物」が文芸春秋、「週刊小説」が実業之日本社、「小説現代」が講談社、「問題小説」が徳間書店である。この配列をみると、巻頭と巻末に配された小説二篇の初出誌が双方ともに「オール読物」であることから、短編集『我らが隣人の犯罪』は「オール読物」の出版元である文芸春秋の意向のもとに編集された経緯がわかる。当時まだ宮部みゆきは駆け出しの新人作家であったため、文芸春秋としてはオール読物推理小説新人賞受賞であることを宣伝材料に売り出さねばならない事情にあったようだ。もっとも文芸春秋が宮部みゆきを将来有望な作家と見込んでいたらしいことは、表紙イラストに表題作「我らが隣人の犯罪」の主人公とその両隣の住まいおよびその登場人物をイヌも含めてわりと詳しく描いたこと、本の帯にオール読物推理小説新人賞受賞作と示したこと、五篇それぞれの梗概を記したことなど——そのちからの入れ具合から推定できる。そして順調に文庫化されて『我らが隣人の犯罪』（文春文庫、平成五（一九九三）年一月）の刊行に至った。

ところが興味深いことに、講談社青い鳥文庫からの刊行に際して幾つかの改変が行われた。まずタイトルの変更である。従来の『我らが隣人の犯罪』から『この子だれの子』（講談社青い鳥文庫、平成十八（二〇〇六）年十月）となった。ついで構成の変更である。「祝・殺人」が全面削除された。ただし他の作品の配列や内容はそのままで、従来通り「我らが隣人の犯罪」から「気分は自殺志願《スーサイド》」までの四篇が並ぶ。この改変は恐らく講談社青い鳥文庫の読者層が少年少女に設定されるために、出版元の講談社の意向による措置のようだ。というのも五篇の中で「祝・殺人」だけが殺人事件を扱い、バラバラ殺人や、偽装とはいえ婦女暴行が描かれるので、少年少女への教育上きわめて好ましくないと判断できるからだ。同様のことは単語のレベルでもみられる。例えば「気分は自殺志願《スーサイド》」に出て来る「ソープ嬢」「ソープランド」という単語がやはり教育上不適当と判断されたらしく、「あなたのお気に入りのソープ嬢」（文春文庫、二二九頁）を「あなたが親《した》しくしていたある女性《じょせい》」（青い鳥文庫、一九八頁）というふうに、また「ご親切なソープランドだ」（文春文庫、二三二頁）を「ご親切《しんせつ》なことだ」（青い鳥文庫、二〇一頁）というふうに当たり障りのない表現に変更したことが認められる。こうした青い鳥文庫の編集方針は、『この子だれの子』の裏表紙に「小学上級から」と明記されるように、少年少女向けに親しみやすいイラストを描き加え、本文を総ルビに、難しい漢字の場合はひらがなに直したことでも明白だ。しかしこうした措置は教育上の配慮とはいえ、作品の内容に手を加えて筋書きを変えたわけではない。例えば「我らが隣人の犯罪」での「愛人」などはそのままである。だから出版社サイドの本音をいえば教育をタテに強硬に非難されるのをまえもって避けるために、犯罪や殺人を極力前面に出さないように目立たぬように予防線を張ったというところが真相に近いだろう。事実、大人一般の読者向け新装版の『我らが隣人の犯罪』（新潮社、平成二十年一月）では、再び「祝・殺人」

を加え、作品の配列や本文もかつての文春文庫版をそのまま踏襲するかたちに戻ったのである。

内容の検討に移る。面白いことに『我らが隣人の犯罪』は、既に作家宮部みゆきの文学世界がはっきり看て取れる。宮部みゆきは児玉清との対談で、自分が創作を始めた頃の動機を次のように語った。「たくさん本を読み、自分も書けたら楽しいだろうなと思って、カルチャーセンターの小説講座に通ったのが、二十三歳です。書いたミステリーを誰かに見せ、「犯人わかった?」と話しかけたかっただけでした」(児玉二〇〇九、二一八頁)と言い、応募を始めて三年目にオール讀物小説新人賞を受賞したと述べる。

この経緯をみると、宮部みゆきが人物や舞台などの設定を記号化して《謎とき》をめぐる小説の展開を効率的にし、それを《子供》目線で描くことで《謎とき》をより効果的にしたことも、成程と肯ける。例えば「我らが隣人の犯罪」では中学一年生の少年、「この子誰の子」では十四歳の少年を、主人公兼語り手として設定する。その設定により、読者も小説の出来事を《大人》と異なる《子供》目線という記号化されたレンズを通して《謎とき》をする。記号化された《子供》目線の設定は、日常生活で大人に不可能な自由行動による観察ができると同時に、日常の出来事を大人の常識とちがう新鮮な気持ちで感じ取ることを可能にする。現実生活の細部を十分に描かなくとも、記号化された《子供》目線から抜け落ちたものとして、読者に無用な不審を抱かせずにすむのだ。これは『我らが隣人の犯罪』の五篇とも主人公を含め登場人物が背景に背負っているはずの現実感が希薄で、まるでアニメのキャラクターのような存在であることと無縁ではない。「我らが隣人の犯罪」の「叔父さん」や「この子誰の子」の「恵美さん」は職業がわかってもその詳細な仕事内容はほとんど不明である。それでも読者が何となく納得して読んでしまうのは、作者宮部みゆきが巧妙に施した工夫があるからで、「我らが隣人の犯罪」の登場人物の呼び名を「～さん」とするのも記号化された《子供》目線でみることを読者に自然にうながすための工夫である。もちろん、この記号化された《子供》とは飽くまでも比喩で、必ずしも本当の子供の必要はない。例えば「サボテンの花」の権藤教頭は記号化された《子供》と同じカテゴリーの人物といえる。権藤の場合は、六年一組の生徒の心情を理解するというよりも、むしろ生徒が何を考えているのかその《謎とき》に翻弄されながらも生徒と《童心》を共有しているという方がふさわしい。その権藤を軸に小説の出来事を展開することで、読者は《謎とき》に翻弄される権藤に親近感をもちつつその《子供》目線から物事をみようとする。紙面の都合上割愛するが、「祝・殺人」の彦根刑事、「気分は自殺志願《スーサイド》」の前半での推理作家海野周平、後半での中田氏など――彼らは全て《謎とき》に翻弄される《子供》目線をもつ人物という点で同工異曲といえる。

注目すべきことに、この記号化された《子供》目線は《大人》のもつ論理や常識を相対化するだけでなく、さらに《子供》自身をも相対化する。例えば「この子誰の子」では主人公サトシ君の《子供》目線が恵美さん葉月ちゃんとの騒動を通して血の繋がる家族の在り方を見出したことで、逆に血の繋がらぬ自分の親子関係の在り方を納得できたし、「サボテンの花」では権藤教頭の《子供》目線が大人ぶった教育の虚偽を見きわめたことで、逆に生徒達から本来大人こそ持たねばならない思い遣りを知ることができたのだ。こうした記号化した《子供》目線は『我らが隣人の犯罪』によくみられる《語呂合わせ》とも深く関連することを最後に指摘しておく。

（北海道医療大学准教授）

〔参考文献〕児玉清『児玉清の「あの作家に会いたい」』（ＰＨＰ研究所、二〇〇九年）。

ジグソーパズル見物は楽しいか——『レベル7《セブン》』論——

林　廣親

「レベル7」は一九九〇年九月に新潮社から書き下ろしで刊行され、九三年に文庫化された著者の長編四作目に当る現代ミステリーである。エンターティメントとしてはサービス精神に飛んだ力作だとしても、文学作品という観点から見ればどうなのか。とりあえず印象批評から始めれば、ジグソーパズルの復元過程を見物するだけで満足な人には「サスペンスの最高峰」（文庫版帯のキャッチフレーズ）なのかも知れないが、自分の手伝った部分が多少でも無いと物足りない人にとっては、アクロバティックな芸を見せられた感のみ強い、つまり驚きはあっても心が動き出す切っ掛けを見つけにくい作品ではないか。ミステリー界における作者の現在の地位を思うと、そうした〈文学的〉欲求などにあまりこだわらないタイプの読者が増えているのかなという気もする。その是非をめぐる問題はおそらく宮部みゆきという作家の評価と切り離せないだろう。

ジグソーパズルの喩えから話を始めたのは、プロローグとエピローグの間に長短五十七節を連ねた構成がおのずとそのイメージを強いるからだ。むろんパズルなら五十七ピースは小学生レベルだろうが、この小説の五十七ピースは読者の頭を十二分にこんがらかせる。目次に示された第一日から第四日までの時間経過に沿った章分けは、形式的で読み易さにはほとんど関わりがない。短い節は文庫3ページに足りず、長いものでは数十ページにわたるそれを取り混ぜた構成は、視点人物の交替も手伝って読み手を疲れさせ受身にする。うがった見方をすれば作者が読者の鼻づらを思い通り引き回すに効果的である。それぞれ四、五十ページもある一人語りの節が数カ所置かれ、これは〈説明〉が入ったということで作品の質の判断に関わる特徴なのだが、読者はご都合主義な手法に鼻白むよりホッとしてしまう。

ミステリーはジグソーパズルに通じるところがある。違うのは完成した絵柄を承知しているのが作者だけだという点だ。読者はさまざまに張られた伏線を見破ってやがて浮上するだろう絵柄を推理する。どこからどう復元していくかは作者の自由だが、そのイニシアティヴの使いようが名作とそうでない作品の分かれ目になる。意欲作には相違ないが、「レベル7」にフェアプレイ賞は無理だろう。

「レベル7」と聞けば福島第一原発事故を連想してしまうのが普通になってしまったが、この作品の発表はそれ以前で題名は事故とは関係がない。記憶に蓋をする薬の使用による廃人化を意味する言葉である。もちろん最初は意味不明の言葉で、読み手は〈レベル7まで行ったら戻れない〉というリフレーンに誘われるまま、怖いもの見たさで長い助走を我慢する。主人公？の男女の腕にもその記号が記されているという強制収容所ばりのサスペンスもあり、失踪した娘の日記にも「明日レベル7まで行ってみる。戻れない？」と書かれているので、一人ぐらいは恐ろしいことになるに違いないと思いながら読んでいたら、終盤では悪玉の口から「安心しろ。あんたたちの腕の『Level 7』は院長である俺が直に扱う患者、という意味だ」とその〈両義性！〉が明かされたりして、結局誰一人「レベル7」に行ってしまうことなく物語が終ってしまう。この羊頭狗肉はキーワードに関わるものだけに小説としての大きな弱点で、これでがっかりする読者もいるに違いない。第57節は善玉全員一堂に会しての和やかな総括場面である。意識の日常性を揺るがすようなプロットを回避した作品であるのは明らかだが、トリックの楽しみのためにはおそらくその方がよいのである。話は飛ぶが昔読んで日常性からの見事な逸脱ぶりに驚いた半村良の『石の血脈』を思い出し、エンターティメントの奥行きという問題を考えさせられた。

さて物語の具体的な中身に踏み込み過ぎるのはミステリー論としてはどうかと思われるので、今しばらくジグソーパズルの喩えを使って考察を進めよう。西欧の中世絵画には時も場所も異なる複数の出来事を一つ画面に描き出したものがある。あるいは日本の絵巻のような、そういう絵柄のパズルを想像して欲しい。タイトルはプロローグから取って〈狩猟が始まる〉で良いだろう。過去の事件の絵が遠近二つ画面上方に見える。十八年前の「新日本ホテル火災」事件と一年前にあった「幸山荘事件」。前者では犠牲者四十一人、後者では主人公?の緒方裕司と三好明恵の両親や妹が殺されている。前景には現在の場面がやはり二つ配されている。一つは記憶を無くした裕二と明恵が拳銃と五千万円と血染めのタオルが置かれたマンションの一室で目覚めるところから始まり、三枝隆男という助っ人を得た彼らが自分たちの過去を求めて奮闘する出来事を描き出した絵である。そしてもう一つ、〈いのちの電話〉のような電話相談所のアルバイト主婦真行寺悦子が、謎の言葉を残して失踪した娘貝原みさおの探索に乗り出す出来事を描く絵がある。物語の四日間はこの二つの話が柱である。それぞれ仮に〈裕司・明恵・三枝系〉〈真行寺系〉と呼ぶことにする。

最初に置かれるピースは過去の記憶と切り離されて裕司が目覚める場面だが、「彼」としか書かれないので五里霧中、まるでSFのような奇妙な感触のはじまりだ。やがて〈真行寺系〉のピースが置かれだし、みさおの失踪やそれに関わっていく悦子の立場が少しずつ見えてくる。しばらくは二つの系のピースが代わる代わる置かれて行って、両者をつなぐのは「レベル7」という謎の言葉だけである。およそ行程の三分の一あたりに差しかかるまで裕司と明恵を指すのは「彼」と「彼女」という言葉である。やがて二人と三枝のトリオは物語の最初のポイント、都内の精神科医院「榊クリニック」にたどりつく。医院の気のいい事務員のおしゃべりを通じて「幸山荘事件」をめぐる過去が初めて画面に浮上し、その事件の犯人とされた宮前孝と義父の潟戸友愛病院院長村下猛蔵が画面に登場することになる。そこより先の物語は実際に作品を読んで味わってもらうことにする。〈裕司・明恵・三枝系〉〈真行寺系〉の登場人物たちはやがて一つになって、過去の二つの事件の元凶であり地方都市のボスとして強制収容所に等しい精神病院を経営する猛蔵を追い詰めていく。猛蔵の性格造型は、ホテルニュージャパン火災と報徳会宇都宮病院事件を下敷きにしたプロットで補強されているにも関わらず通り一遍で物足りないが、その展開のスピード感は前半と好対照で、パズルの余白が見る見る埋まっていく感じである。

プロローグにはビルの屋上庭園から眼下の街を眺める「男」、それに話かける「娘」が登場する。「男」はその後「青年」と会う。「娘」が貝原みさおだったと分かるのはエピローグにおいてである。「男」は「三枝隆男」で「青年」はクライマックスのどんでん返しで活躍する「相馬修二」である。最大射程の伏線というべきか。物語の大枠は実はこの二人による復讐譚なのである。読み手は〈裕司・明恵・三枝系〉と〈真行寺系〉のストーリーの交錯を追うのに夢中で他のことを思う余裕が無いが、その二つとも三枝と修二の計画にとっては飛び入りの要素だったのである。さらに言えば〈真行寺系〉事件のからみは、〈裕二・明恵・三枝系〉に読者の意識を向けさせながら三枝の正体を隠し続けるための陽動作戦に等しい。その主役の真行寺悦子が作中最も魅力的な人物であるのは興味深いことだ。読み手の思いも及ばぬトリックはミステリー作家の勲章であるにしても、この作品では仕掛けの手が混み過ぎた観がある。そのために長い説明の語りが必要となり、人物造型も総じてステロタイプなものに止めざるを得なかったのではないか。祐司は何度か三枝の行動に不審の目を向けるのだが、その正体に迫っていくようなプロットの展開はない。もしそれがなされていたら祐司も三枝も文字通りの主役たちとして記憶に残る個性になり得ただろうと思える作品である。

（成蹊大学教授）

『龍は眠る』――そこに居ない〈彼〉の物語――仁科路易子

複数の事件が同時に発生していくミステリー小説を〈モジュラー型〉小説などといい、警察を舞台にしたものなどによく見られるが、この『龍が眠る』も似た構造を持っている。刑事事件と呼べるようなものは、大きな者は一つ、冒頭の過失による幼児の事故死を含めて二つだが、二人の超能力少年、及び、自らの過去を巡って、語り手である雑誌記者、高坂昭吾がいくつもの事象の真実を見極めようと様々な調査を行う過程は、まさにその種のテクストと近似にあるように見える。「超能力」という、にわかには信じがたい現象を前にして、彼は自然、当事者達の周囲、過去、及び現在や類似の事例を探る格好になり、その途中で否応なく、先に述べた二つの事件ともかかわりあっていく。

このテクストは一九九一年、出版芸術社から刊行され、一九九五年に新潮文庫になった、一九九二年には綾辻行人の『時計館の殺人』と共に、日本推理作家協会賞も受賞している。宮部の初期作品であると同時に数少ない一人称の長編小説でもあり、その語り手が述べた形を取る冒頭におかれた序文が、物語を強く既定している。

これは、ある決闘の記録である。

最初にお断りしておくが、私はその一部始終を傍観していただけの人間で、この物語の主人公ではない。

主役となるのは、二人の少年――青年期にさしかかったばかりの少年たちである。

その他にも、この二人のうち、一人が死んだことも事前に明かされ、これを書いた理由が〈彼らに対する感謝の念〉であることも述べられる。そして、〈いつかどこかでこの物語に耳を傾けてくれるであろう人たちが、自分の内側にも、彼らと同じような力が眠っていると気づいたときのためにも〉と書かれていることで、作中の前半では語り手が半信半疑である〈超能力の存在〉もこのテクスト内では実際にあることだと確定されてしまっている。何故、筆者はこういう語り方を取ったのか。野崎六助はそれを〈鎮魂〉のためだと指摘した（'99）が、的を射ているのではないか。

最初に出てくる超能力者――人の心を読み取る能力と、物に残った持ち主の感情や記憶を読み取れる――の青年は稲村慎司であり、二人目は慎司よりさらに強力な能力を持つ織田直也である。そして直也は初登場時に、彼こそが後に死んでしまう存在であることも語られる。叙述トリックのようなどんでん返しはなく、物語は既定された結末を目指して流れていく。

語り手である高坂と最初に出会い、最後まで直接関わるのは慎司であるが、存在感という意味では直也も同等、あるいはむしろより大きな意味を持つ。最初、超能力の真偽を問題にし、慎司と相対し、幼児が事故死した顛末とかかわり、自身に降りかかる脅迫事件と向き合うなど、複数の事柄を追っていた高坂は、いつしか直也の過去を知り、関わった人間と話し、彼の足取りを追うことにのめり込んでいくからだ。

高坂が直也と親しかった口の利けない女性、三村七恵と深い仲になることで、二人のかかわりは決定的になるが、それはまた一方で、直也の方も高坂を無視できず、彼にまつわる脅迫事件に介入して、命を落とすきっかけともなる。この直接には視点人物とほとんど触れあわない（高坂と直也が直接会って話をしたのは、直也が慎司の超能力、その人間を浮き彫りにしようとする手法は、火車の「一度も直接には登場しない真犯人」で、頂点に達するのであるが、既にここにその片鱗は見えていたと言えよう。

冒頭の幼児の事故死のきっかけを招いた二人の青年、宮永と垣田の二人が、二人の超能力者、慎司と直也と対応関係を持つことは、前述した野崎に指摘がある。宮永と垣田は同じく画家の道を志し、〈オレたちのおふくろは、きっと、同じ粉ミルク、同じ紙おむす、同じタルカムパウダー、同じ離乳食を使ってたに違いない〉と言うほど気があっていたにもかかわらず、過失に対して自首するかしないかで決定的に意見が食い違い、結果、宮永は自殺してしまう。慎司は〈持って生まれたこの力を活かしたい。人の役に立てるものなら、そうしたい、そうでなきゃ意味ないもん。〉と思っているのに対し、直也は〈逃げることばっかり考えて〉〈いっそ死んだ方がましだ、そうすればこの力とも縁が切れる〉とまで思い詰めている。慎司が雑誌記者の高坂に力のことを話したと知ると、それをペテンだと考え直させる巧妙な作り話をしに現れる彼だが、慎司と一方的に対立しているわけではない。

能力が人に知られることを極端に恐れ、住所や電話番号もごまかす一方で、直也もまた知人によくないことが迫ると、つい忠告したり、助けてしたりしまう優しさがある。アルバイト仲間の女性が連続暴行魔に狙われたとき、七恵が盲腸で苦しんでいるとき、そして最後には七恵と深い仲になった高坂が、余計な罪悪感を負わないようにするために命を賭してしまうのだ。同じ女性に深くかかわっているためか、直也を知るために調査を進める高坂と、高坂の周囲の思念を読み取り、過去にまで踏み込んでも七恵を守ろうとする直也も、一つの対照を成す。慎司も物語において重要な鍵を握ってはいるが、物語の後半、中心となるのは明らかにこの高坂と直也である。

……ことによると、我々は本当に、自分のなかに一頭の龍を飼っているのかもしれません。底知れない力を秘めた、不可思議な姿の龍をね。(中略)ひとたびその龍が動きだしたなら、あとは振り落とされないようにしがみついているのが精一杯で、乗りこなすことなど所詮不可能なのかもしれない。

第五章、過去、秘密裏に超能力者に事件解決を手伝ってもらっていた刑事の言葉だが、題名と絡むこの言葉は、この作品の一つのテーマであろう。

第一章で慎司は超能力のことを他の芸術などの才能と比べて語っているが、刑事の言葉と合わせるとき、これは意義深い。慎司はサイキックの能力が大きかった場合、他の才能のように眠らせることができずに命にかかわると、超能力の過酷さをのみ強調するが、大きすぎる才能や特異な気質などが人間の運命を狂わせるのはままあることであり、そういう能力や人と違う部分を〈龍〉と呼ぶなら、これは実在するかどうかも不確かな特殊な能力を持った人間の悲劇などではなく、普遍的な人間存在のそれに通底する。

超能力者のあり方を物語の縦糸とするなら、横糸となる高坂の元婚約者を巡る殺人計画は、二人の超能力者によって未然に防がれる。警察は事件の全貌をほぼ正確に掴んでいたが、どうあがいても小枝子の死を防ぐことはできなかった。代わりに犠牲になった直也はそれでも最期に慎司に送った思念の中で、やることを成し遂げた満足感を思わせるふうに笑っていたという。死の間際になって彼は恐れうとんじていた自分の能力を、満足がいくように使いこなせたのだ。

〈これは、ある決闘の記録である。〉で始まる序文が物語を大きく既定すると書いたが、〈決闘〉とは直也と慎司の対立などではない。一人一人の人間と内に眠る〈龍〉の決闘なのだ。高坂は物語をこんな言葉で結んでいる。

我々は身体のうちに、それぞれ一頭の龍を飼っている。底知れない力を秘めた、不可思議な形の、眠れる龍を。そしてひとたびその龍が起きだしたなら、できることはもう祈ることだけしかない。

（高校非常勤講師）

耳から内在化される七不思議——「本所深川ふしぎ草紙」——大國眞希

「本所深川ふしぎ草紙」は一九九一年四月に刊行された歴史短編小説集だ。それぞれは、「片葉の芦」「送り提灯」「置いてけ堀」「落葉なしの椎」「馬鹿囃子」「足洗い屋敷」「消えずの行灯」という題で本所七不思議に拠っており、物語としては独立しているが、回向院の岡っ引き茂七が登場することで各編が繋がる。この小説で第十三回吉川英治賞を受賞した。その審査員のひとりであった井上ひさしが「安全ではあるが常套の枠組を遠ざけて事件を常にその内側から核心を書き、うんと遠景に探偵役を配したことで、作品の間口が拡がり深さもました」「この作者の専売ともいうべき読後の爽やかさ温かさもむろん健在で、間然する所のない佳品である」と批評しているように、この小説集においては、全部に登場する茂七は中心人物ではなく、「遠景」にいて物語を見守る役目を担っている。

そして、読後に読者を温かい気持ちに包ませる情感が作品全体に底流する。このことは、本作が本所七不思議をテーマに扱いながら、怪奇物語ではなく、それぞれの中心人物が七不思議として聞いた不可思議な音や声を、自分なりに内在化して、しっかり歩んでいこうとの前向きな心持を獲得する、世話物然とした物語となっていることと無関係ではない。それについて、やはり審査員のひとりである尾崎秀樹が、「商家の奉公人や職人など下町の庶民たちのこまやかな情やつましい暮らしを温かく描いており、しみじみとした味をつくり出す。宮部みゆき氏はミステリーの分野で注目されたが、世話物も描ける資質がある」と評している。

このような「こまやかな情やつましい暮らしを温かく描いて」いる物語性が評価されたためか、本作は同名で一九九九年に新橋演舞場で舞台化されたほか、ＮＨＫの金曜時代劇「茂吉の事件簿　ふしぎ草紙」としてドラマ化もされている。このドラマは、「歴史読本」（四六巻八号）の巻頭に掲げられたニュース＆トピックスに拠れば、「本所深川ふしぎ物語」を中心に、やはり茂七が登場する「初ものがたり」（ＰＨＰ）と「幻色江戸ごよみ」（新人物往来社）を原作に加え、連続十回にわたって放送された。向日院の茂七には高橋英樹が扮した。

七不思議は基本的には怪談の要素を含むため、それを題材にした作品はおのずから怪異的な要素を含む。例えば、一九五七年に映画化された「怪談本所七不思議」（新東宝）では、大入道やのっぺらぼうなどの妖怪も登場する。あるいは、幼少時代を本所で過ごした芥川龍之介も「本所両国」で本所七不思議に触れて、「昼間でさえ僕は「お竹倉」の中を歩きながら、「おいてき堀」や「片葉の芦」はどこかこのあたりにあるものと信じない訳には行かなかった。現に夜学に通う途中「お竹倉」の向こうにばかばやしを聞き、てっきりあれは「狸ばやし」に違いないと思ったことを覚えている。それはおそらく小学校時代の僕一人の恐怖ではなかったのであろう。なんでも総武鉄道の工事中にそこへかよっていた線路工夫の一人は、宵闇の中に幽霊を見、気絶してしまったとかいうことだった」と書いている。芥川の場合、回想形式で表出されており、関東大震災以後に、関東大震災以前の時点でも既に失われていた幼少時代の本所を想起するというやや複雑な時間軸を有するが、やはり、（失われた）幽霊という怪異とともに七不思議を語っている。

それに対して、宮部みゆきの「本所深川ふしぎ草紙」では、怪奇現象を怪談風に語らない。「おいてけ堀」では、浮かばれない漁師や魚屋が岸涯小僧になって出てくるという怪談が語れ、実際に水掻きのある足跡やしわがれた声、水に飛び込む音などが聞こえてくる。しかし、それは魚売りであったおしずの夫を殺害した犯人をあぶりだすために仕組まれた芝居である。事件が解決を見て、怪異が芝居であったと白日のもとに晒された後、おしずはおいてけ掘の傍にたたずむ。そのとき、怪異を体験した「あの夜と同じに、囁きのような音をたてて柳が揺れ」「どこかでぽつんと、水のはねる音が」するのだ。夫は残した妻おしずとその子を心配のあまりに死に切れず岸涯小僧となって「おいてけ堀」の怪異を起こしてはいなかった。それでも、おしずの耳にはささやきが届き、岸涯小僧が立てた音と「同じに」水のはねる音がする。音を聞き、その音を耳から自分の内へと受け止めて「あたしは、もう怖がったりしません」と、おしずはほほえみながら心のなかで夫につぶやく。おいてけ掘に響く音や声は現実的には妻子を心配する亡き夫の仕業ではなかった。それでも、おしずはその音に夫の想いを聞き取り、自分のものとして、前向きに生きていこうと決意するのだ。この結末の場面は、その描写も音でできており、音が作品を支えている。おいてけ掘の音は、単なる現実の音でも、怪異での音でもなく、未来へと踏み出すための音として、記憶と重なる。音は重層的な過去、現在、未来の接合点となる。

視覚と比して、聴覚は記憶を想起させるのに力を発揮するようだ。音を頼りに過去を想起するほうが、視覚によって過去を想起するよりも容易らしい。本作でも、「そう言った茂七の耳には（あたしはそんなに優しくしてもらえるような女じゃないんです）と言ったお袖の声が聞こえた」（「落葉なしの椎」）と、過去に語ったお袖の声が現在の茂七の耳に蘇る場面や、あるいは「藤兵衛の言葉がよみがえって耳を打った」、「彦次の耳に」「甘い声がよみがえった」（「片葉の芦」）と耳によって過去の場面を彦次が想起する場面もある。つまり、過去との二重写しは、声によって可能となっているのだ。

そもそも、本作において七不思議は単なる物語の枠組みとして使用されているわけではなく、市井の人々の暮らしのなかで形づくられており、更に言うならば、その物語は人々の耳から入るものとして、耳から聞く物語として成立するように描かれている。例えば、最初の「片葉の芦」では、物語は「その知らせを、彦次は湯が煮えたぎる釜の前で耳にした」と彦次が耳にすることに端を発する。そのとき、「客の声はみな、湯気の向こうから漂い出てくるように見えた」と描かれ、視界は遮られ、模糊としているなか、声だけがその湯気の向こうから漂い出てくるように（倒錯的な表現であるが）見えるのだ。その後も、「茂七の耳に、文次の息を呑むのが聞こえた」と書かれる（「茂七に聞こえた」ではなく、「茂七の耳に聞こえた」と、わざわざ「耳に」が強調して示される）。あるいは、「二人は黙り込んで、小田屋のめでたい夜に耳を澄ませた。お袖の幸せに耳を澄ませた」（「落葉なしの椎」）と、あたかも、幸せは耳を澄ませた先にあるかのように、お袖の幸せの風景を視認ではなく、耳を澄ませることで確認するなど、耳に入れる行為が、耳に入れて内在化することが、重要な行為となっている。

怪異の音、七不思議を生成する音は、物語のなかで、現実のものなのかそうでないのか判然としなくとも、中心人物の耳を通して内在化され、意味のある音として受け止められる。例えば、「馬鹿囃子」（この短編もやはり「隣の座敷の娘（引用者注お吉）の声が（引用者注おとしの）耳に入った」ことに端を発する）は、お吉は「狂った頭のなかで」「馬鹿囃子に、自分をはやす声を重ねて聞いていた」。それは、怪異ではなく、実際には聞こえないのかも知れない。だが、結末において、おとしは自分自身の無意識に行った言動が、お吉を「はやす声」になることに気づき、反省する。「ごめんね」とつぶやいて、手で両目を押さえる。すると、「耳の奥で、かすかに笛太鼓の音を聞いたような気がした」。そこで物語は閉じられる。実際に現実のものとして怪異の音が聞こえたか聞こえなかったかは（馬鹿囃子という現象が実際に起こったのか否かは）大事ではない。おとしの耳に確かに馬鹿囃子が聞こえたこと。自分の行いを反省し、お吉が聞いていたはやし声を内在化した、両目をおさえたおとしの耳に、馬鹿囃子の笛太鼓が聞こえること。そのことが大事なのだ。

　七不思議と音について言うならば、本文にも「もともと七不思議なんていうのは、洒落でできた話じゃねえか」と書かれている。新潮文庫の解説で、池上冬樹が「宮部作品のひとつとして、シンボライズの上手さ」を挙げており、「本書のベスト1は、第一話の「片葉の芦」だ」としていることに筆者も賛意を表するが、「片葉の芦」でも「片葉」、「片割れ」、一方的な、想いが対でないなどの象徴性と共に、芦、足、おあし（お金）など、掛詞のように意味が音によって重なっていることも、七不思議にまつわる本作が、音に支えられた、耳から入る物語であることと関わりがある。

　後に宮部みゆきが書く時代小説「おそろし」には、本作に見られる、耳から聴いた〈怪〉が内在化する物語の展開形が見られる。「おそろし」では中心人物おちかが複数の人から怪談を聴くことで物語は進行し、「変調百物語事始」の副題が付く。木原浩勝は「もしも、おちかがテープレコーダーのようにただ話を聞くだけの存在では、『おそろし』のメカニズムは生まれなかったでしょう」と指摘し、「怪談取材の極意は「耳を澄まして話を聞くこと」だと思います。言葉によって談じて放つべきおちかが百物語を耳で聞き集める。おちかが百物語を語るためには、百物語を聞くことですから《ママ》、百話集まったときにこそ、「耳」が転じて「百」に転調するのかもしれません。」と話す（「ダ・ヴィンチ」08・9）。

　但し、「本所深川ふしぎ草紙」では「本所深川」という人々が生活をする場所こそが重要である。一人の中心人物が〈怪〉を聴くのではなく、「本所深川」という場所に七不思議という〈怪〉現象が起こる。その〈怪〉を人々は内在化し、そして、「本所深川」で生きていく。第一話の初めに、彦次が「大川を越えて本所に戻ったのは、今度の藤兵衛さんの葬式が初めてです」とあるように本作は、本所に戻る姿によって始まり、最終話の第七話は、茂七に「いつかまた、大川を渡って本所へやっておいで」と声をかけられるおゆうが橋を渡り、本所を後にする姿で閉じている。小説は短編小説の連作でありながら、「本所深川ふしぎ草紙」全体の舞台として、きちんと本所という空間が設定されているのだ。その本所を体現する存在が茂七なのだろう。

作者自身、吉川英治新人賞の授賞式のスピーチで、本作の執筆にあたり、東京都墨田区で人形焼を商っている、山田家の包み紙に宮尾しげをが描いた「本所七不思議」の挿絵に触発されたことを明らかにしているそうだ。山田家のＨＰには、その包み紙と共に宮部みゆきが紹介されている。市井の生活を描く本作においても、食べ物は、現在の私たちの生活の感覚（味覚）と繋がるものとして、大切に描かれている。このような性格は、本作同様に回向院の茂七が活躍する作品「初ものがたり」へと受け継がれていく。

（福岡女学院大学教授）

明瞭な〈悪〉と暗鬱な〈正義〉――「スナーク狩り」――

齋藤　勝

「小説宝石」の二〇一一年八月号に「新たなる世界」と題する宮部みゆきのインタビュー記事が載っている。インタビュー企画自体は、短編集『チヨコ』の刊行に際してのものだが、かつての代表作をリニューアルし同時刊行しているため、インタビューの話題も自然該当する四作（『スナーク狩り』『長い長い殺人』『鳩笛草　燔祭／朽ちてゆくまで』『クロスファイア』）にまで及んでいる。

雑誌での連載開始まで念頭に入れると多少前後するのだが、上記四作の中で最初に単行本として刊行されたのは『スナーク狩り』（92・6）である。インタビューでは、〈復讐〉というテーマが「燔祭」『クロスファイア』に、〈正義〉というテーマが「聖痕」（『チヨコ』収録の短編）などにつながっていくことが、聞き手の大森望によって指摘されており、作者自身この点については同意している。

いうまでもなく、〈正義〉とは多彩な意味合いを含む言葉である。一般的に、この言葉を聞いてすぐ思い浮かぶのは、正しい行いをすること、悪を止め、あるいは倒すことというイメージかもしれない。だが、その他に代表的な例として、欧米の政治哲学の分野において取り上げられることの多い、フェアであること、公正という概念も存在している。

この公正ということを念頭に置くと、アンフェアな状態を解決する一手段として、無論条件つきではあるが、

〈復讐〉という方法が浮かび上がってくる。その意味で、作中の、所謂正義感の強い青年としての佐倉修治と、公正なる裁きを唱えながらも内に復讐心を抱える織口邦男の対峙は、また違った構図を見せることになる。ここにあるのは、正しい生き方を求める心と公正さを求める心による、二つの〈正義〉の対照なのである。公正さを求める心は、秩序や平和を守る心へと結びつきやすい。実際、織口は自分の復讐心が社会の秩序を守るために必要な行為であると論理操作を試みている。

家々の窓からは明るい光が漏れているのに、路上には誰一人いない。今ならまだ、それを団欒のしるしと受け取ることができる。

自分がこれからやろうとしていることは、この団欒を守るために必要なことなのだ——織口はそう考えた。自分が今、身をもってやりとげておかなければ、いつかはきっと、窓と扉を閉じた家々のながめが、平和の象徴ではなく、防御の体制になる時代がやってくる。いつかきっと、それも、近い将来に。

こう考えてみたところで、織口のしようとする行為を常識的に見れば、単なる〈復讐〉にすぎない。となれば、その〈復讐〉を是認してくれるものは何かというふうに、織口の思考は流れされていく。

心に焼き付けて、忘れないでおこう——そう思った。これからやろうとしていることが終わったとき、その正邪を判定してくれるのは、ああいう人間なのだ。ごく当たり前の常識と感性と、守るべき仕事や家庭を持っている、大勢の善良な生活者たち。

織口は社会の秩序や世論の賛意を期待し、それを支えにすることで〈復讐〉へと向かっていく。ユニークなのは、作中におけるもう一人の復讐者、関沼慶子には、織口のような周囲の目を意識する発想がまるで見られないことである。

関沼慶子にあるのは、自身を〈何の価値もない〉人間だと思わせる原因を作った者たちへの復讐心のみである。そこには社会の秩序や平和など縁もゆかりもない。折口のそれに比べれば、極端に私的な復讐心である。

では、織口と慶子の行為やそこにいたるまでの姿勢に優劣をつけられるかと言われれば、ことは単純でない。その意味で、二つの異なる〈復讐〉の対照も意味深いものと映るのである。

二つの〈復讐〉に共通しているのは、織口も慶子も〈法〉への失望感から〈復讐〉に及んでいる点である。織口の場合はわかりやすく、心身の不安定な者であれば減刑がなされ、場合によっては、罪自体問われないこともあるという近代的司法制度への失望感が〈復讐〉の主要動機となっている。さらに、その制度を知識として知っている者が制度を悪用し、自分たちに有利な状況を作れるということに対する反発も、彼の行動に拍車をかけている。

関沼慶子の場合は多少隠喩的となる。法律家を目指す男性を、愛情を持って支えていたところ、相手が司法試験に合格した途端に手のひらを返されるという仕打ちを彼女は受けている。どちらにしろ、現行法律制度の知識を多く持つ者が、知識を持たない者に対して優位に立てるという〈法〉本来のあり方から逸脱している状況、ある意味で秩序が理想的な状態で成立していないことが、二つの〈復讐〉を誘発する結果となっている。

『スナーク狩り』の主要登場人物と対峙する悪人たちは〈法〉を悪用するだけでなく、〈比較的単純な悪〉(前出インタビューでの大森望の発言)という点でも特徴がある。〈単純〉であるがゆえに、悪役としての立場が明瞭で、わかりやすい。たとえば、織口や佐倉修治にとっての大井善彦と井口真須美、関沼慶子にとっての国分慎介と小川満男・和恵夫妻、さらに前の二例とは異なるが、織口を金沢まで車で乗せていく神谷尚之にとっての義母もまた、非の打ちどころのない(?)悪役を演じている。

これらの明瞭な悪役に対する登場人物たちの〈正義〉は極めて不明瞭で暗鬱とさえいえる。直情的で、国分慎介との公開心中を考えていた関沼慶子を除けば、織口邦男は思念をめぐらす割には自分の〈復讐〉の根拠を確定させることもできず、神谷尚之も自身の優柔不断さに悩みながら、家族関係の修復に苦慮し続けている。正義感の強い青年として、織口の〈不正〉を止める役割のはずの佐倉修治にいたっては、だんだんと自分と織口のどちらが〈正しい〉のか、あるいは〈間違っている〉のか、くりかえし悩み続ける羽目になる。

この明瞭な〈悪〉と暗鬱な〈正義〉との対照は、ある種寓意的に〈正義〉の難しさを示しているようにもみえる。無論、後の宮部みゆき作品の善悪の狭間で揺れ動くような悪者たちの魅力が変わるわけではないが、ここでは、〈悪〉が単純であることで、かえって、〈正義〉の難しさを際立たせているような効果が、あらわれている。

何故、〈悪〉がはっきりしているのに対して、〈正義〉が惑い続けなければならないのかということについて、詳述する余裕がここではないのだが、端的に言えば、『スナーク狩り』の登場人物たちの〈正義〉がひどく孤立しているということは指摘できる。慶子はいうまでもなく、修治の正義感もまた誠実すぎるためか、自身の正しさを信じ切れず、ひどく頼りない面を持っている。織口にしたところで、いくら周囲の賛意を期待してみても、それは自身の胸の内の期待に終わってしまっている。

暗鬱でたえずゆれ動く〈正義〉たちを描くうえで効果的になっているのが、高速道路とそこを走る自動車の車内空間である。高速道路を走る車内空間は密室であるがゆえに、空間内にいる人々の親密さに影響を与える。特に、織口と神谷尚之は、お互いの全てをさらけ出すほど言葉を交わしているわけではないが、それぞれの思念に影響を与え合っている。織口の嘘の中に含まれた思いを真摯に受け止めた神谷尚之に、晴れやかとはいえないまでも、家族関係修復の兆しがみられることが、この作品の救いといえば救いとなっている。

（駒場学園高等学校非常勤講師）

「火車」──商品を成り立たせる平成のプロット&昭和のストーリー──吉目木晴彦

この国で、貧しさの質が変わったのはいつからだったろうか。

東京オリンピックを迎える前、テレビやラジオでしきりに雲助タクシーを話題にしたことがある。わざと遠回りをして地理に不案内な客に高額な料金を請求する悪質なタクシーを見かけたら警察などに通報するように、と呼びかける内容だったと記憶している。海外からの旅行者が増えるから日本の評判を落とすような行為は一掃しよう、という国家の威信をかけた指示があったのではないかと推測している。二〜三年前、新宿駅西口で傷痍軍人を装った物乞いを見て仰天した。昭和の中頃には銀座や新橋で、白装束の傷痍軍人の物乞いをよく見かけた。中には傷痍軍人のふりをした偽物も混じっていただろうが、実際に手や足が失われ、俯いたままじっと押し黙っている男たちの姿は記憶に残っている。新宿で見たそれはどう見ても三十代くらいの男でハーモニカで軍歌を吹いていたが、今どきこれはないだろう、演劇青年の路上パフォーマンスかと思ったものだった。確かに、一九六〇年代には日常生活のなかで「押しも押されもせぬ貧者」を見ることがあった。

東京の京王線上北沢駅の南は閑静な住宅地だが、松沢病院の東側、上北沢公園のバス停があるあたりにはかつてドブ川が流れていた。幅が一メートル以上あり、等間隔でコンクリートの桁が渡され、異臭を放っていた。その桁に板を渡して掘っ立て小屋を建てて住む一家がいた。商売はゴミ屋。リヤカーを引いて各家のゴミ置き──

道端に寄せたコンクリート製の箱——をあさって、生ごみ以外を集めて売る生業を営んでいたのである。

この時代の少年マンガには貧乏な境遇の主人公が定番、と言うより一つのカテゴリーを成していて、ちばてつやの「ハリスの風」、荘司としおの「夕やけ番長」、川崎のぼるの「巨人の星」など、「貧乏でなければヒーローじゃない」と言わんばかりに貧乏人が誌面を飾っていた。少女マンガでも、貧しい家の少女が、裕福な家の少女に意地悪をされながらバレーに励む……といった筋書きの作品が横行していた。今ではそんな設定のマンガは皆無である。経済的には総中流、そもそも貧しさと貧乏は別概念として扱われるようになってしまった。ワンピースにしても心の貧しい者・豊かな者くらいの概念は出てくるが、貧乏はテーマにも背景にもなり得ない世界である。強いてあげれば高橋留美子が「境界のＲＩＮＮＥ」でパロディー的に扱っているくらいだろう。

さて、ここでは個人の努力や運では抜け出せない苦境、宿命的な欠乏に苛まれることを「貧しさ」と、一応定義して話を進める。

私が小学生時代に米南部ルイジアナ州で目にした黒人居住区のような光景を、日本国内で最後に見たのは一九八〇年（昭和五十五年）の横浜でである。港湾を根城にする倉庫会社に入社した私は、新入社員研修で水上生活者と接する機会があった。一九七〇年代から急速に海上貨物のコンテナ化が進み、従来の艀《はしけ》取りは短期間のうちに姿を消しつつあった。艀とは港内に停泊中の本船を取り囲み、岸壁と本船間で貨物をやりとりするタライのような船のことである。かつては港湾荷役のスタンダードだったが、雨が降ると作業ができないという弱点を持っていた。本船は停泊中もエンジンを止めることができず燃料を消費し続ける。その上、港に支払う停泊料や船員の上陸費用などで一日に数百万円単位で費用がかさむ。雨天荷役を可能にするコンテナ化は時代の趨勢であった。艀の作業員には一家で艀に住みついている者が少なくない。仕事が入ると、家族は港湾施設内にあるマリンハウスなどと呼ばれる食堂で、父親の仕事が終わるまで終日、時間をつぶす。これらの人々が水上生活者だった。水上生活者の中には文盲が多かった。かつて横浜には水上生活者の子弟のために水上学校という教育機関が存在したが、私が彼らに出会った頃にはすでに廃校になっていた。ちょうど米国でヒスパニックなどの人口割合が増え、改めて識字率調査が行われた頃だった。テレビニュースで「一方、日本の状況は?」と文部省に取材したところ、日本では昭和三十年代を最後に識字率調査など行われていないとの回答だったと報じていた。水上生活者は銀行をまったく信用していなかった、と言うより銀行の機能を理解していなかった。仕事の都度、現金取引をしなければならず、世の中の仕組み事態が理解の埒外にあるようだった。ある水上生活者は娘が女優になったと誇らしげに吹聴しているというので、調べてみたら今でいうAV女優だったという話も聞いた。コンテナ化は国の政策で進められ、同時に、艀とそこに住んでいる水上生活者をどうやって港から立ち退かせるかという課題が浮上した。国は港湾近代化基金なるものを設立し、廃業した艀業者には数百万円の金を払うというスキームを作った。そこに目を付けたのが大手の倉庫会社や港湾運送業者である。艀のオーナーには銀座の飲み屋のママさんなどが多く、水上生活者から賃料を取っていた。艀追い出しの方針が決まると、省庁から先に情報を得ていた倉庫会社などはママさんから二束三文で艀を買い取り、国に代わって艀業者を港から追い出しにかかった。廃業の給付金が目当てである。水上生活者は数万円の金と引き換えに――あるいはそれすらなく、職と住居を失った。もとより文盲の彼らにまともな転職先などあろうはずがない。この水上生活者の顚末を小説の形にしたいと思ってはいるが、抽象概念をほとんど理解せず、固有名詞だけで喋っていた人たちの「会話」を描写するのは結構難儀である。

しかしこれらは、「昭和のものがたり」である。怨念にハッキリした輪郭と根拠がある世界。

宮部みゆきの作品に描かれる貧しさ――宿命的な欠乏は、まず輪郭を解き明かさねばならない。バブル経済期を通過する中で、欠乏の根拠は位相を変えた。「火車」で、約束の日に、約束の場所に現れる女性は、なぜ追われる身になったのか。溝口弁護士が語る「消費者信用」の実態が欠乏の輪郭である。それは職と住所を瞬時に失った水上生活者のそれではなく、メカニズムにからめ取られることで「信じ込まされた欠乏」だった。今日の収入はあるし、今夜眠る場所もある。冷めた視線を投げれば、法的対抗措置を取る道が論理的に塞がれているわけでもない。弁護士や関根彰子の幼馴染みが明かす輪郭――外的構成《プロット》は、昭和から平成に向かうベクトルそのものに内包されているエピソードである。約束の場所に現れた女性も彼女のかつての分身も、根源における経済的貧者ではない。ただ、他者と我が身を比較して、努力や運では抜け出せない苦境にあると信じていた。それが「火車」における登場人物の原動力――内的発展《ストーリー》となる。肉親の死を願い鬼気迫る表情で官報を遡る登場人物は、プロットとは対照的に昭和の色合いを、松本清張風の動機を強く漂わせる。

社会の豊かさが育む怨念を示すことによって、発散する平成的プロットを回収する求心力を作品に与える。「RPG」や「楽園」が、外的構成・内的発展とも昭和的なるものと縁を切ったバブル後の世界を描いているのとは、その点が大きく異なるように見える。

「火車」とほぼ同時期に青野聡が「友だちの出来事」という一見ミステリー風の秀作を発表している。こちらは回収を意図しない、「ものがたり」たることを拒んだ小説である。その頃、文芸編集者たちが酒席でしばしば「純文学と大衆文学の区分などない」と、純文学と大衆文学の区分が存在することを自明の前提とした議論を繰り返していた。そのくせ両者の違いは誰も言い当てられなかったが、「火車」と「友だちの出来事」を読み比べれば、得心がいくだろう。商品として開発された「火車」と、文学の要素技術として開発された「友だちの出来事」の違いが。

（作　家）

『長い長い殺人』——財布からこぼれ落ちた虚像——

原田　桂

吾輩は猫……ではなく、犬である。長篇デビュー作『パーフェクト・ブルー』（東京創元社、89・2）は元警察犬・マサが語り手となり、事件に鼻を利かせる。続いて、吾輩は……財布である。十個の財布たちが語り部となり、十人の持ち主の一番身近なところで事件をあぶり出す『長い長い殺人』（光文社92・9、カッパノベルズ97・5、光文社文庫99・6）は、一九八九年（十二月初冬号）から九一年（二月）にかけて「小説宝石」に発表され、こちらも初期作品である。

社会生活を営むにあたって財布を持たない人はいないだろう。財布は社会と関わるツールであり、その中には持ち主の社会性やライフスタイルが現われる一方、欲望をも内包させている。十個の財布たちは自らの内（ポケット）に潜む欲望に憑りつかれた持ち主、あるいはその欲望の被害者となる持ち主の人生に寄り添う。その姿は持ち主である人間以上に人間らしく、「こうありたい人間」とでもいうようなヒューマニティに満ちている。一方、財布たちの持ち主は、次のように様々である。刑事、強請屋、少年、探偵、目撃者、死者、旧友、証人、部下、そして犯人。殺人事件を舞台とした登場人物たちの性格や行動を財布たちは把握し、実に忠誠を持って持ち主について語る。その語り口も一人称も持ち主のキャラクターが忠実に反映されている。例えば、事件を追いかける刑事部長の使い込んだ革財布や、昇進祝いにもらったという部下の財布は〈私〉、強請りに走るホステスの派手な財布は〈あたし〉、被害者の甥である少年のビニールの財布は〈僕〉、というように一人称からも持ち主が垣間見える。〈持ち主の懐深く、静かにおさまっている財布は、実はずいぶんといろいろなことの真相を知っているの〉（「著者のことば」『長い長い殺人』カッパノベルズ版）だが、しかし彼ら財布たちは、持ち主のポケットやバッグに入れられ、その隙間から垣間見る視界、または完全に遮蔽された視界にいる。制約のある限定された視界の中で聴覚を研ぎ澄ましながら、触覚によって持ち主の体温の変化や呼吸を感じ、個々の財布たちが〈いろいろなことの真相〉を各章ごとに引き継ぎながら相対化させていく。

まずこの物語は、メーカー勤務・森元隆一のひき逃げ事件からはじまる。しかし森元の妻・法子による巧妙な保険金目的の殺人ではないかと、事件を担当する刑事部長は疑いを深める。その刑事部長の懐にいる財布は、心臓疾患のある〈あるじ〉を気遣いながら、彼のデカ魂とでもいうべき〈心臓の鼓動が早まる〉のを感じつつ、〈あるじ〉とともに事件の全貌を暴く決意をする。被害者となった森元隆一が通っていた店のホステス・葛西路子もまた、保険金の受取人である森元法子に疑惑の目を向けていた。しかし、その目は事件解明ではなく、法子のもとに転がり込むであろう金に向けられていた。葛西路子は森元法子を強請り〈たかりとったお金をあたしに入れる。あたし、真っ黒になってゆく〉財布は、持ち主である葛西路子の〈命がけの鬼ごっこ〉の始終を、半ば諦めをもって見届ける。強請屋となった持ち主が法子の共犯にひき逃げされた際、〈あたし〉はバスガイドをしている〈マコちゃん〉に拾われる。小学六年の小宮雅樹は、大好きな叔母・早苗の夫に不穏な影を感じていた。その夫・塚田和彦はレストランの経営者で外見もスマートな切れ者。塚田は早苗を誘導し、高額な保険金に加入させていた。雅樹はそんな塚田に〈N〉という女がいることを知り、大好きな早苗を守ろうと決意するが、塚田は子供の手に負える相手ではない。雅樹の財布は〈僕は雅樹くんのポケットのなかで祈ることしかできない〉もどかしさに駆られながら、純粋で勘の鋭い雅樹を全力で応援する。塚田早苗は、新婚旅行先で夫の塚田に対して不信感が募り、探偵・河野に塚田の調査を依頼する。探偵は塚田には離婚歴があり、しかも前妻がひき逃げで死亡していたことを突き止める。さらに塚田には〈ノリコ〉という女がいた。〈N〉〈ノリコ〉は森元法子であり、共犯関係である線が浮上したと同時に、早苗は何者かに殺害される。探偵の財布は早苗が探偵事務所に落としていったイヤリングを内（ポケット）に抱きながら〈私は預かったよ〉と、探偵とともに事件解決への決意を噛みしめる。

財布たちは持ち主と周囲の状況を限定された視点の中で観察しながら、森元法子と塚田和彦の共犯関係を整理し提示する。ポケットやバッグの中にいる財布だけが知り得る情報もあるが、しかしどんなに寄り添っていても、傍観者にしか成り得ない葛藤もある。物語に対して読者も同じであるように、語り手である財布たちは持ち主の人生に寄り添いながら、同時に読者と併走してみせるのである。

森元法子と塚田和彦が共犯関係であることが決定的になるも、二人ともアリバイがあり物証は挙がってこない。都会的な容姿や雄弁な語り、愛人と共謀しての保険金目的殺人容疑など、メディアにとって二人は魅力的なファクターを持ち合わせており、たちまちマスコミの寵児となった。死者、旧友、証人の財布の持ち主は、そのマスコミが誘導した犯人像と、それを逆に利用した塚田という虚像の犠牲者といってよいだろう。しかしその持ち主に寄り添う財布たちは、至って冷静に客観視できている。いうまでもないが、塚田和彦と彼を取り巻くマスコミ報道は八〇年代の「ロス疑惑」を下敷きにしているだろう。「疑惑の銃弾」（「週刊文春」84・1）以降、悲劇から疑惑の人へと報道は過熱し、マスコミは群集心理を煽った。財布による視点と語りの構造は、もしこの時、人々に財布の視点のようなものがあったならば、また違った角度で事件を捉えられたのかもしれないという一つの可能性を示唆しているといえるのではないだろうか。またグリコ・森永事件にみる劇場型犯罪を含め、『長い長い殺人』はプレ『模倣犯』として位置づけられるだろう。

群集心理を巧みに利用したことで知られるヒットラーの名を繰り返し聞いた財布がある。（犯人の言及は避けるが、）それは犯人の財布だ。〈わたしは音しか聞いていないけれど、外国の独裁者で、「ヒットラー」とかいう男が出て〉きて、〈時には、群衆が「ヒットラー」にむかって歓呼の声をあげ〉る。その映画を犯人は繰り返し観ていた。〈世間の連中は馬鹿ばっかりだ。俺と違って。俺の価値を誰もわかっちゃいない。俺が大きすぎるから、ちっぽけなヤツらの目には見えないんだ。〉と、言い聞かせるように歪曲しなければ自己の存在意義を見出せない。その姿はまさに〈自分の値札に背を向け、それを千切って捨ててしまった〉〈合皮でできた財布。だけど、自分は本革だと思っている財布。自分の本当の値段を知ろうとしない財布のよう〉である。このように人間ではない無機物の擬人化した視点構造は、持ち主に寄り添いながら客観視する効果がある一方、やがて逆擬人化とでもいうような擬物表現に転化し、両義性をもって立ち現われるのである。また、塚田の経営している店「ジュヌビエーブ」、さらに塚田の旧友が教え子に裏切られた万引き現場となったスーパーマーケット「ローレル」、これらの場所の名称は共に神聖なモチーフであることから、両義性の構造は細部に亘って張り巡らされているのだ。

熊谷博人による単行本の装幀では、〈長い長い殺人〉の文字タイトルは一文字ずつ交互に上下へずらされ配置されている。そうすると、上段は〈長長殺〉、下段は〈いい人〉となる。マスコミによってドラマチックに煽られた塚田和彦の、その社交的でスマートな物腰から発せられる〈いい人〉という虚像から、まるで〈長長殺〉の実像があぶり出されているようである。虚像と実像を見極めるレンズ（視点・語り）を財布たちは内（ポケット）に忍ばせながら、今日も持ち主に寄り添うことだろう。

（白百合女子大学研究員）

『とり残されて』論——〈生〉と〈死〉の〈中間の世界〉を彷徨う——

——川端康成『たんぽぽ』にも触れて——

李聖傑

宮部みゆき『とり残されて』は、超常現象を扱った七篇の短編を収録した作品集である。「とり残されて」（『婦人公論』91年12月臨時増刊号）、「おたすけぶち」（『オール讀物』91年7月号）、「私が死んだ後に」（『コットン』90年4月号）、「居合わせた男」（『オール讀物』91年12月号）、「囁く」（『小説現代』89年6月号）、「いつも二人で」（『小説NON』89年7月号）、「たった一人」（『オール讀物』92年6月号）の初出を経て、92年9月に文藝春秋より刊行され、95年12月に文庫化された。この短編集は、一ヶ月前に刊行された話題作『火車』（双葉社、92年7月）ほど注目されていないが、「サスペンスから時代小説まで幅広く書く作家」（文庫「解説」）である宮部の興味深い短編集といえよう。

七篇の中で、文庫の「解説」の北上次郎が、「たった一人」は〈特に秀逸〉であり、〈この一篇を読むだけでも本書は価値〉があり、〈まったく絶品と言っていい〉と称賛しているように、たしかに完成度が極めて高い作品である。「たった一人」の美点を北上次郎氏の解説に譲ることにし、筆者はここでこの作品に出てくる〈急激な意識混濁〉に注目しておきたい。〈意識混濁〉というより、〈空白の発作が襲ってきた〉ことによって現実世界を超越する高次元の世界に到達することをさしている。たとえば、〈一瞬、心臓がとまった。とまる直前の、最後のコトリという音を残した。／いない。河野の姿が消えていた。窓際に、ついさっきまで、のんきそうにポケットに両手を隠して立っていたのに。／ふと見おろすと、梨恵子の足元に、カーペットが広がっていた。見覚えのない、洒落た葡萄《ぶどう》色の、どう見てもこの事務所には不似合いなものだ。その踏みごこち。柔らかく厚い。毛足が長いので、爪先が隠れている。〉という一節があるように、二十五歳の主人公永井梨恵子は急に河野修介の姿が見えなくなった。それだけでなく、取り巻く環境も見たことがない場所に変わっていた。〈いなくなるわけがないじゃない、いないじゃない。〉と梨恵子が呪文のように唱えながら、河野の体温を肌で感じ取り、〈退化してしまった人間の本能のなかで、ただひとつだけ、自分が必要としている人、離れたくないと思っている人と引き離されてしまうという、死より恐ろしい事実を識別するコードだけが、まだ残っているのだ〉という思いを語っている。

このことは、川端康成『たんぽぽ』（新潮社、72年9月）に出てくる〈人体欠視症〉を連想させる。この作品に関連付けるのは、単なる目の前の人体が見えなくなったという現象だけにとどまるではなく、見えなくなった対象は愛する人でもあるという点にも留意すべきだろう。「たった一人」の梨恵子と河野は恋人関係ではないが、梨恵子が河野に好意あるいは恋情を持っていることが読み取れるだろう。これに対し、『たんぽぽ』では、〈人体欠視症なんて、自分のある部分を見まいとする、愛する人のある部分を見まいとする、人生のある部分を見まいとする、さういふ病気〉と久野によって説明されているように、〈人体欠視症〉を患った稲子が目の前の人間の体が見えなくなった、その最初の人間は恋人の久野である。そして、人体が見えなくなった背後に「事件」があるというところは、両作品に共通している。「たった一人」では、五歳の梨恵子は凶悪な強盗事件を目撃したことをさしているが、『たんぽぽ』では、五歳の稲子は父の木崎が崖から海に落ちたことを目撃したことをさしている。両作品における「五歳」という年齢の設定の一致は偶然かもしれないが、フロイト学説によると、五歳は「男根・陰核期」から「潜伏期」への境目である。この時期のコドモが親に対する感情は、エディプスコンプレックスの形をとりやすい。つまり、男の子は、今までのように母親に愛着をもちつづけるから簡単であるが、女の子では、母への愛着から父への愛着に切り替えが行われる。それゆえ、『たんぽぽ』における五歳の稲子に抱かれている父恋は理解し難くなかろう。また、「たった一人」における自転車でパトロールしている新米の制服巡査の河野に対する子供の梨恵子が抱えている感情にもこのようなエディプスコンプレックスの型を読み取れるかもしれない。しかし、「たった一人」の場合は、単にエディプスコンプレックスという一語で片付けられないだろう。あくまでもファンタジックな作品なので、梨恵子の感情にはいろいろな超現実的な要素も含まれている。〈そっちに行っちゃ駄目よ。こっちよ、こっち〉という幼い梨恵子の声に呼ばれる河野は、〈そして、俺を呼んだ女の子も――つまり、あの夜の五歳の君だね――そうだったんだと言った。彼岸の向こうへ渡りかけて、魂が空へ漂い出ていた。地上から離れて、言ってみれば、すべての枷《かせ》をとっぱらって、この世で起こっていることを、くまなく見通すことのできる状態にあったんだ、と。あたかもゲーム盤を見おろすように、あらゆる人間が駒となって、動きのひとつひとつを、ひと目で見渡すことができたんだ〉という心境を述べている。ここで、〈彼岸の向こうへ渡りかけて、魂が空へ漂い出ていた〉世界が引き出されている。一体どんな世界であろうか。作品の結末では、〈あの魂が空《くう》の中に漂い出ていた時に、次元の枠を超え時間軸のない世界〉と説明されている。

こうした構造をもつ世界が三話目の「私が死んだ後に」の中にも見られる。この作品は、プロ野球選手でピッチャーの佐久間実は、なぜか右手が上がらなくなり、二軍落ちしていた話から始まる。ある夜、ファンの一人と口論になり刺され、意識が遠のいていく。生死をさまよう状態で魂だけが遊離したとき、実のもとに案内役の若い女の子がやって来て、行きたいところはないかと尋ねる。二人で実の故障の原因を探る。実の不調が精神的なものであることが明らかになる。十一歳のときの花火の事故で人を死なせてしまったことが、野球場にあがった花火の暴発事故で思い起こされ、実の不調の原因になっていた。そして現れた不思議な女は、実が十一歳のときに花火の事故で死なせてしまった白石百合子だった。このときの彼女の魂は、未だに成仏できず彷徨っていたのだった。百合子と出会った世界を、実は作品の中で次のように語っている。〈いつのまにか、辺りは真の闇にとざされていた。頭上にも足元にも、なにもない。もうスタンドにいるのでもない。音もなく、光も届かず、風も吹かない。ここがその「真ん中の場所」。生と死のどちらに属することもない中間の世界なのだと、実は悟った。〉と書かれているように、〈生〉と〈死〉の〈中間の世界〉である。ところで、百合子の魂は何故その〈中間の世界〉に残っていたのか。百合子が事件の起こるもとをつくった張本人の実を恨み続けているのか。否。〈わたしがここに残っていたのは、ほかの誰でもない、あなたが私を忘れてないからよ〉と百合子自身が言っているように、実のもつ負の思いが残り続けているからである。そして、百合子の魂はなぜ実を応援し続けていたのか。〈こうしてこの真ん中の世界にいて、あなたが、子供のあなたが、そんな不運を一人で背負い込んで苦しんでいるのを見て、わたしもあなたがかわいそうでたまらなかった〉という百合子の話からその答えが見られる。十ヶ月前の野球場の暴発事故が起きてから、百合子は実を応援しようとしても、実が生死の真ん中の闇にやってくるまで、どうすることもできなかった。〈わたしが左手であなたに触れてしまうと、もうあなたを向こうに連れていかなきゃなくなるからよ。左手であなたを引っ張ったら、あなたも私も一緒に来てしまう。だから、選んで〉と聞かれた実は、百合子の左手をつかまえようとした。このようにして、実の右手は動くようになった。即ち、この〈中間の世界〉においては百合子の悲しさが伝わった一方、彼女の健気さ、そして優しさそのものが実を救ったといえよう。以上のように生死の〈中間の世界〉を彷徨うことを扱った二作品のほかにも、「とり残されて」「居合わせた男」という不思議な読後感を残すものや、「おたすけぶち」「囁《ささや》く」といったホーラティストの強い作品も所収された好短編集である。

（早稲田大学社会科学総合学術院助手）

『ステップファザー・ステップ』

――〈双子〉的世界のステップファザー――

――仁平政人

腕利きの泥棒である語り手が、〈仕事〉の途中で落雷により屋根から転落し、その家に住む中学生の双子の兄弟によって助けられる。双子は、自分たちの両親がともに愛人と駆け落ちしていなくなってしまったとあっけらかんと告げ、二人の生活を成り立たせるために、泥棒に〈お父さん〉役になって欲しいと半ば脅迫的に依頼する――。『ステップファザー・ステップ』は、このようにして〈疑似親父《ステップファザー》〉をつとめるはめになった泥棒〈俺〉と、素直にしてしたたかな〈恐ろしい良い子たち〉である双子の哲・直、さらには自らステップ・グランドファザーを引き受けていく泥棒の元締め〈柳瀬の親父〉をも含めた妙な疑似家族と、彼らが出会う事件を描くコメディ・クライム／ユーモア・ミステリ的な連作短編集である。疑似家族というモチーフは、もちろん宮部作品に数多く見られるものだが、この小説では「家族」の問題がリアリスティックに探求されることも、深刻な事件の謎が扱われることもない。むしろ〈謎解きも最後の一ページでできればいいとして、前振りの無駄話や会話でもたせる短編〉（「林真理子の著者と語る「ステップファザー・ステップ」宮部みゆき」、『月刊Asahi』93・5）と宮部自身が言うように、冗舌で自己言及性に富んだユーモラスな語りや、軽妙な掛け合い話的会話、そしてそれらを通して提示される個性的なキャラクターこそが、この人気作の魅力の大きな部分を為すと言えよう。

こうした小説のありようは、主人公たちの〈疑似父子〉的な関係のあり方とも深く関わると見られる。彼らのつながりは、もともと〈二人だけで静かに安穏に暮らし〉たいという双子の都合に基づく契約的なものであり、いかに親しくなろうとも、彼らは生活を共にすることも、互いの事情に深入りすることもしない。別言すれば、いつ本当の親が戻り、疑似家族的関係が終わりを迎えるかわからないという点で、彼らの関係は、一般の家族のような時間的な持続を前提とすることはできない。そのことを踏まえながら、〈「淋しいとき淋しいと感じる人間同士の関係を優先した方が、世の中楽しくなるに決まっている」〉（「ロンリー・ハート」）、〈明日のことを思い煩うなかれ〉（「ミルキー・ウェイ」）というように、今・ここでの〈幸せ〉な関係を彼らは送り続ける。〈無駄話と会話で〉展開する小説のありようは、このようなゆるやかな関係性を肯定するベクトルを持っているのである。

さて、この小説に関して何より注目したいのは、こうした軽やかな枠組みのもとで、様々な遊び＝試みが作中に織り込まれていると見られることだ。例えば、多様なミステリとの間テクスト的関係が明示されていること。それは、作中で「87分署」シリーズやクイーンのドルリー・レーンものが謎を解く伏線として言及されるといった点だけにとどまらない。この小説が、子供たちの活躍するユーモア・ミステリの傑作であるクレイグ・ライス『スイートホーム殺人事件』（原題HOME SWEET HOMICIDE）や、運の悪い天才泥棒を描くドナルド・E・ウェストレイクのドートマンダー・シリーズを意識したものであることはよく指摘されるが、実際、『ステップファザー・ステップ』という表題が「HOME SWEET HOMICIDE」の、また講談社青い鳥文庫版のサブタイトル「空から落ちてきたお父さん」が、ドートマンダー・シリーズの一編『天から降ってきた泥棒』のオマージュであることは明らかだ。また、シリーズの第一作「ステップファザー・ステップ」は、宮部のデビュー作「我らが隣人の犯罪」と明瞭な共通性を持つが（両作は、大人と子供二人が、チームで隣家に対して〈犯罪〉を行おうとし、結果的に隣家に潜む〈犯罪〉を明らかにするという枠組みを共有する）、興味深いことに、両者はともに江戸川乱歩作品へのオマージュのような要素を含んでいるのだ――前者では主人公が〈どの部屋も鏡、鏡、鏡の洪水〉という〈鏡迷路〉のような家に入りこみ（＊「鏡地獄」）、後者では屋根裏の移動による感覚の変容が描かれる（＊「屋根裏の散歩者」）というように（なお、「ステップファザー・ステップ」では「少年探偵団」や「黒蜥蜴」も言及される）。これらが、ささやかにせよ宮部ミステリのルーツの一端を明かすものであることは確かだろう。

そしてそれ以上に重要なのが、〈ステップ〉が二度繰り返されるタイトルも示唆するように、この小説が様々な意味での二重性・分身性に満ちた世界としてつくられているということだ。作中の双子たちは、〈二人で一人〉〈一人分の空間に二人でいる〉（「トラベル・トラベラー」）というように、自分たちを兄弟というよりも、一種の分身的な存在だと語る。そして、〈頭を打った〉主人公の〈すべての物が二重に〉見える視野からこの双子が登場する冒頭にはじまって、シリーズ第一作では〈俺〉が〈鏡だらけ〉の家に侵入することになり、第二作「トラブル・トラベラー」では有名観光地を〈丸ごとコピー〉した〈コピーの町〉が舞台となり、また続く「ワンナイト・スタンド」では〈双子すり替えトリック〉が二重に仕組まれる。また、双子の両親が同日に駆け落ちするのと同様、「ミルキーウェイ」では双子が同じ日に別々の相手に誘拐される――駆け落ちも誘拐も、この世界では二重に起こるのだ。〈人質の双子が同じ顔をしているように、俺たちは同じようなやりとりを繰り返した〉（「ミルキーウェイ」）といった言葉は、こうした〈双子〉的世界のありようを自己言及的に示していると言っていい。野崎六助氏は、〈替え玉トリックとすりかえ〉が連作を貫く〈隠しテイスト〉としてあることを指摘しているが（『宮部みゆきの謎』情報センター出版局、99・6）、このことはむしろ、以上のような小説の性格と対応していると見られるだろう。角度を変えて言えば、「身代わり」や「すりかえ」など、宮部作品に定番の「二重性」の文法が、この小説では謎解きや物語的な必然性という文脈から解き放たれて自在に拡散している。それこそが、この遊びにみちた〈双子〉的世界の生成を導く方法としてあるのだと考えられる。

ところで、『ステップファザー・ステップ』刊行から四年後の一九九七年から、宮部はその続編にあたる連作長編を『小説すばる』上に掲載している（「バッド・カンパニー」、「ダブル・シャドウ」、「マザーズ・ソング」、「ファザーズ・ランド」（上）（下））。しかしこの続編は、十分に物語が展開する手前で中断し、実質的に放棄される（大極宮HP上の「Q&A」で、宮部は単行本にしないと明言している）。詳細を辿る余裕はないが、興味深いのは、この続編が、ここまで見てきた『ステップファザー・ステップ』の世界を自ら壊すような性格を持っているように見えるということである。この連作では、当時話題のトピックであった「クローン技術」の問題に絡めて、双子たちの出生をめぐる疑惑と、両親の失踪の謎が中核に据えられる。そしてその探求の過程で、〈俺〉は様々な親子の姿に触れながら、自らが〈古き良き父〉という〈滅びゆく種族〉だと自覚していく……。こうした〈シリアス〉な枠組みの下、作中では前作には見られなかった悲惨な事件が描かれ、双子は次第に舞台の中心から離れ、二重性の要素も多くは物語的な必然性と関わるものとなっていく。この長編が何を目指し、そしてなぜ放棄されるに至ったのか、安易な推測は慎みたい。ただひとつ目を向けておきたいのは、この続編では、〈疑似父子〉の関係が前作と比してより親密となり、〈俺〉が父親としての立場を、ためらうことなく自然に引き受けているということである。そのことは、一定の距離に基づくゆるい関係性に立脚した前作の軽やかな世界に変容をもたらし、双子たちとその両親をめぐる真相＝深層を探求する物語的方向性に結びついていくと見られる。〈疑似親父〉が本当の〈父〉に近づくとき、〈双子〉的世界の軽やかな歩み《ステップ》は終息を迎える——放棄された続編は以上の意味で、この人気作の世界の仕組みを、裏面から鮮やかに照らし出しているのである。

（弘前大学教育学部講師）

『淋しい狩人』――謎解きの切なさと優しさ――

永栄啓伸

松本清張とちがって、宮部みゆきは〈《巨悪》なき時代の社会派ミステリー〉作家であり、したがって〈個人の生活感覚に密着する形で描き出してみせた〉という末國善己の指摘（『宮部みゆきの魅力』勉誠出版、03・4）があるが、『淋しい狩人』は、まさに市井の古本屋「田辺書店」にかかわる六編からなる連作集である。中心には、店主のイワさんこと岩永幸吉と孫の高校一年の稔が配され、本にまつわる事件や稔の恋愛がからんで、短編ゆえの、切れ味鋭い結末への急展開を満喫させてくれる。

自動販売機の清涼飲料の販売会社に勤める永山路也が父の死の知らせ受ける場面から始まる「黙って逝った」は、父の一生は、平凡で〈真っ平な人生〉で〈ベタ凪〉で〈まるで寒天で固めた海〉だと映っていたが、死をきっかけに別の顔を見出していく。骨箱を抱いて部屋に戻ると、本箱に隙間なく三百二冊、それも同じ本が詰まっていた。ここから疑問が生じる。なぜこんなに買い込んだのか。謎は膨らみ、妄想は大きくなる。書名は『旗振りおじさんの日記』、著者は長良義文。父が本を書くことはありえない。公務員として〈自分から何ひとつしないで生きぬいた人〉だからだ。旗振りおじさんとは、ボランティアで交差点に立ち、通学路で子供たちを見守る人だ。しかし彼が立っていたのは、人身事故の多発する交差点で、塾へ通う子供の道だった。そんな人の著書になぜこだわったのか。直接、著者に尋ねようとする。電話に出た息子の嫁から、彼が殴り殺された事実を聞く。

大事件が起きるまで、日常の些細な事柄から遠巻きに描き始め、徐々に核心に迫っていく手法は、作者の定評のある手腕である。彼はそれでも父が関わった理由がわからない。長良家の嫁から、本は自費出版したもので、残りの三百冊をまとめて買った人がいたと聞く。胸騒ぎを覚えて押し入れを探すと、十二万円が空箱に入っていた。通帳には二千万近くある。年金しか入らないのに、家計簿には毎月三万円の入金がある。田辺書店の伝票がある。そこで田辺書店を訪ね、自分の蔵書をすべて売り払ったことを知る。なぜそんなことをしたのか。ふと思う、〈不防備に〉〈不用意に〉書かれたこの本のなかに、ある人物にとって非常にまずいことが書かれていたのではないか。そして父はその人物か団体を探し、恐喝していたのか。そう考えると彼は興奮する。スリルと一種の満足感に高揚する。父にも気概があったのだ。身体は震え、涙ぐむ。〈親父、あんた、とんでもない野郎だったんだなあ〉と言ってみる。これで自分も〈希望が持てる〉。生まれながらの敗残者〉ではないと考える。皮肉にも、父親が犯罪者だと知って、かえって彼は生まれ変わったような痛快な気分になる。父への一体感と同時に、自分も積極的で豊かな人生が送れるのではないかとうれしく思う。

ここに、彼の新しい生き方を示唆する文学性豊かな息遣いが読めるだろう。再生へと模索する物語の予感である。それは「歪んだ鏡」で、容姿に自信がなく、将来に何の期待も持てずに生きてきた若い女性が、山本周五郎の『赤ひげ診療譚』を読み、登場人物〈おえい〉の強い生き方にふれて、生きる意欲を喚起され、自己変革へと向かう姿にも通じる。しかし物語はその方向には進まない。作者が展開する、ややせっかちな結末はこうだ。想像通り、浮気現場を描かれた男がいた。男は長良に会い、全部買い取ることを申し出たが、長良は、全部処分されるとわかっている者に売ろうとしない。それで殴り殺されたのだ。イワさんの一策で、三百二冊は、路也の父の本棚に置かせてもらい、倉庫料と保管料として三万円が支払われた。ただ父親は息子にほんとうのことは知らせないでほしいと言った。死の予覚を抱いた父が、威厳を取り戻したい一念からである。謎によって膨張した彼の妄想は、現実を知ることによって無残に崩壊する。謎を解くという行為がもたらすやるせなさである。真実を突きつけられることがどんなに惨いことか、その妄想との落差を描いている。

だから、惨さには優しさの裏打ちがどうしても欠かせない。ここでは、一つは、凡庸な凪のような人生だと失望する息子に、死に際に父が奮起をうながす契機を与えるという文学性であり、もう一つは、謎解きのおもしろさや意外性というミステリー構造が生み出す切なさを支える、優しさという人間性である。これらの重層性の振り幅が宮部みゆきの正体であろう。それがミステリーとして収束されるとき、文学性から遠ざかる印象を与え、また、文学性からミステリーへの転換は、作品をより人間的な人情味のあるものへと変容させるようである。作者は、ミステリーという枠組の基底に、自在に文学性と人間性を取り込む手法を選び取ったと言えようか。

表題作「淋しい狩人」は、社会派が持てはやされる推理小説界にあって、最後の探偵小説家と言われた〈安達和郎〉が書いた最後の小説である。ただし未完である。作者が十二年前に行方不明になったからで、イワさんは安達家から蔵書の整理をたのまれて付き合いが始まった。その娘明子がある日、一通の葉書を持って訪ねてきた。ファンと名乗る者からで、自分は作品のなかの連続殺人の意図が理解できるので、未完の部分を書き継ぎ、完成させる、という。サイコ・キラーの類で、〈小説に触発されたヤツが、物真似殺人をしようとしている〉愉快犯だった。現実に第一、第二の事件が起きる。突出した自我をもつ犯人の思惑通り、新聞、雑誌、マスコミが騒ぎ始めた。そのとき行方不明だった安達が突如あらわれ、社会派のリアリズムを取り込めない自分の文学の行き詰まりから失踪したこと、そしてこの作品は破綻した失敗作であり、事件の整合性はなく、犯人のいう謎の解明などありえないことを釈明する。書けなくなった作家の悲哀と矜持を感じ取ることができるだろう。

この物語にはもう一つ、交錯する軸がある。孫の稔が、クラブでアルバイトをする劇団員の室田淑美と恋に落ち、家族が心配のあまり、相手に会って説得してほしいとイワさんに頼みにくる。仕方なく会うが、〈「親」でもないから〉〈稔に対する遠慮があり〉〈孫の人生を左右する〉ような行動が取れないことを知り、成長して離れていく孫との距離を感じつつ、〈歳をとっちまったんだな〉〈おれは淋しいんだな〉と思う。老いの実感を、だれよりイワさんが味わっている。この老いの問題は、「詫びない年月」のご隠居にも当てはまる。家の地下から防空壕が発見され、母子の遺骨があった。昭和二十年三月の東京大空襲の日に、なにか事件が起こったことは確実だが、今となっては想像するしかない。その後、ご隠居が防空壕の穴で自殺しようとしたことで、謎は一つの推測に向かう。〈歳をとるって、悲しいですね〉という言葉が、老いへの哀しさを痛感させるし、口を閉ざした長い年月が深い苦悩を物語る。

さて、イワさんの忠告が奏効したのか、恋がうまくいかなくて〈八つ当り〉をせずにいられない孫と言い争っていると、逆恨みした犯人が出刃包丁を持って突進してくる。稔が盾になってイワさんを守って負傷するが、淑美は見舞いに来ない。恋は終わろうとしているが、イワさんは淑美に大人の節度を感じて納得する。そしてぼんやりと小説の一節を思い起こす。〈我々はみな孤独な狩人なのだ〉〈それだから、我々は人を恋う。それだから、血の温もりを求めて止まない〉。目新しい発見ではない。しかし、あえてそう言うのは、作者が、ミステリーの背後に流れる人間の哀愁を看過できないからであろう。

物語は夢想の産物である。謎の真相を暴くことは、夢から覚めるのに似ている。安堵するときもあれば、虚しく切なく辛いときもある。謎につつまれた妄想の世界が現実に直面するのは、辛くて残酷である。それを描くこの連作には、同時に、それにまさる優しいまなざしが全編に行きわたっている。

（近代文学研究者）

『地下街の雨』——天気と裏切り——

恒川茂樹

表題作「地下街の雨」では、〈ずっと地下街にいると、雨が降りだしても、ずっと降っていても、全然気がつかないでしょ？　それが、ある時、なんの気なしに隣の人を見てみると、濡れた傘を持ってる。ああ、雨なんだなって、その時初めてわかるの。それまでは、地上はいいお天気に決まってるって、思い込んでる〉〈裏切られた時の気分と、よく似てるわ〉と〈地下街の雨〉＝《裏切り》であるということがさりげなくほのめかされ、『地下街の雨』（集英社、94・4　文庫化98・10）としてまとめ上げられたこの短編集を彩るモチーフが明らかにされている。本作には七つの短編が収録されている。各作品の登場人物や、舞台設定などに共通するものはないが、そのいずれもが同じモチーフで展開されていることに注目してみたい。

「地下街の雨」の主人公麻子は職場恋愛して寿退社したのち失恋し、今は地下街の喫茶店でウエイトレスをしている。彼女に奇人（を装った）曜子が話しかけることから物語ははじまる。曜子はたまたま居合わせた麻子の元同僚である淳史に執拗に迫り、その窮地を麻子が救い出す中で、麻子と彼とが恋愛感情で結ばれるという結末に落ち着くが、実は曜子と淳史はグルで最初からその目的で麻子に近づいており、恋愛の成就も《裏切り》の賜物であったことが結末で明かされる。

「決して見えない」では終電で職場から帰宅する中年会社員が、駅からの帰り道、歩いていたところを自動車に引き殺されるという夢を見る。駅に着いて外に出てみると、いつも見慣れたはずの駅前の景色がやけにうすら寒く感じられるという、見慣れた駅前の雰囲気に裏切られてしまう男の話だ。

「不文律」は、一家心中事件を複数人の証言を引用しつつ描いていく作品で、芥川龍之介の「藪の中」を彷彿とさせる。夫婦の不仲、夫の不倫、子どもの友だちによる脅迫めいたいたずらなど、それらしい原因はいくつかある。ただしそのいずれも決定的でなく、一家を心中に仕向けるほど手ひどいものでもない。しかし一家は心中してしまうのだ。つまり、この作品で描かれているのはそういった思わせぶりな全ての原因という原因への《裏切り》なのである。タイトルの「不文律」とは、事件発生時、家族内で共有されていた気分や雰囲気のことであり、それは決して言葉やある特定の事柄に集約されることがないことの謂いである。

続く「混線」ではとうとう電話に裏切られてしまう。電話といえば我々にとってもっとも身近にある通信機器である。主人公の友人はそれをいたずら目的で利用していたことにより、電話を管理しているという〈電話の精霊〉に命を奪われてしまうのだ。日常生活が電話機によってふいに断ち切られてしまうという裏切りなのである。

「勝ち逃げ」では亡くなった伯母の葬式の日、必然のように投函された一枚のはがきによって、独身でまじめな人生を歩んだと思われていた伯母が、かつて駆け落ちを決意したほどの恋をしていたことが判明する。従来のイメージを裏切って汚名を返上することをあらかじめ計画していたかのような祖母の鮮やかな〈勝ち逃げ〉を親族で目撃することになる。

「ムクロバラ」は、ある傷害事件に巻き込まれてから、衝動的な殺人をした犯人を全員〈ムクロバラ〉という名前で認識してしまう男に、彼の面倒を見ていた刑事が心理療法的な意味合いでムクロバラの似顔絵を描かせたところ、自分にそっくりの顔を描いたのをみて衝撃を受けるという話である。正義を体現している刑事として生きて来た自分の中に、殺人犯と似たような衝動性が潜んでいると指弾されるのはまさに正義からの《裏切り》である。

短編集の最後に収録されている「さよなら、キリハラさん」は、これまでの作品がどちらかといえば個人的な関係や、環境から受ける《裏切り》だったのに対して、この作品は広く社会に対して《裏切り》という仕組みを利用してメッセージを発している異色作である。冒頭、音が全く聞こえなくなる装置を知らぬまに取りつけられた主人公道子の五人家族の元に、宇宙人だと自称する〈キリハラ〉(偽名)という男が乗り込んでくる。一家はまわりから〈おかしい〉人と思われないために男を受け入れ、音波の調査で一時的に音が聞こえなくなる実験に巻きこまれる。ところが実験の最終日、道子の祖母が自殺未遂するところを〈キリハラ〉が慰留して彼の身元が割れると、実は父の勤める会社の同僚であり、実験は従業員の難聴対策として開発中の〈ハイテク耳栓〉のモニターテストだったことが判明する。上司が自宅までやってきて〈キリハラ〉の行為を謝罪するが、それまで、彼が長時間労働や休日出勤をさせられ、遠くに置いてきた妻子ともろくに会えていないという勤務実態が明らかになると、道子が〈出ていけ〉と叫び出し、上司を追い出してしまうという話だ。

なぜ道子が〈キリハラ〉の上司たちを追い返したかといえば、〈生まれたての赤ちゃんが小学校一年生になるまでの間〉〈逆らえなかったので、ひとりぼっち〉でいた〈キリハラ〉があまりにもひどい状況に置かれていたことに自分の祖母を重ねたからだ。〈家族でありながら、切り離されて〉しまっており、道子や弟の研次にも相手にしてもらえず同じ家に住んでいながら〈生きていたってみんなの邪魔になるだけだ〉と感じていた祖母。道子は〈ご隠居さんは五目並べもお好きですよ〉ということを〈キリハラ〉が言うのを聞くまで祖母が好きなことさえ知らずに、彼女を自殺未遂させてしまったのである。祖母の手には家族の大切にしている思い出の品が携えられていたというのに。家族として一つ屋根の下に暮らしていながら、祖母のことを何も思いやれなかった自分を反省しながら〈キリハラ〉の勤務実態を耳にして〈キリハラさんも祖母も、ひとりぼっちだった〉ということに思い至り、父の上司に対して〈出ていけ〉という言葉を吐いたのである。出ていってほしいのは人間としての上司ではない。上司というものが背負っている会社というものであり、会社というものが社員に強制する長時間労働や劣悪な労働環境なのである。それが〈キリハラ〉に孤独をもたらしていたのだ。〈誰かに逆らってほしかったのです〉という発言に表れている通り、なぜ〈キリハラ〉が宇宙から来たというような突飛な嘘をついたのかといえば、おかしなことを発言して道子一家が反発すれば、自らが陥っている〈ひとりぼっち〉のひどい孤独から抜け出すことが出来るのではないかと考えたからだろう。道子が手助けをし、上司を追い払うことによって〈キリハラ〉ははじめて〈ひとりぼっち〉という状況を脱することができた。それがタイトル「さよなら、キリハラさん」の含意である。〈キリハラ〉という偽名を使ったのは、匿名であることによって現代日本で誰もが〈キリハラ〉となりうることを示唆している。ただそのような状況にあっても、見事な〈裏切り〉を果たした〈キリハラ〉の話は一筋の希望のようにも見える。

裏切るのは何も人に限ったことではない。我々はものに裏切られる場合もある。どうしてもネガティブなように捉えられがちな《裏切り》であるが、「地下街の雨」や「さよなら、キリハラさん」のように裏切ることがむしろ良い結果を生み出すこともありうる。宮部みゆき自身、ミステリー作家として《裏切り》を描くことによって人に読書の楽しみを提供しているように、必ずしもすべての《裏切り》がすなわち悪ではない。それはこの短編集にハッピーエンド、バッドエンドの両方が収録されていることが物語っている。地下街にいる時、地上は雨が降っているばかりではない。ときには雨だと思っていても晴れていることもあるのだ。

（現代文学研究者）

『初ものがたり』——捕物もある人情小説——

小林一郎

連作短篇小説集『初ものがたり』は「小説歴史街道」誌の一九九四年二月号から翌年五月号にかけて三か月に一度のペースで六回連載ののち、九五年七月にPHP研究所から単行本として刊行された。PHP文庫（97）、新潮文庫（99）のあと、NHK総合テレビの金曜時代劇「茂七の事件簿 ふしぎ草紙」の放送に合わせて、それまで未収録だった「糸吉の恋」（九六年六月の初夏号掲載）を増補した愛蔵版（01）がPHP研究所から出た。複数の出版社から出ている宮部みゆきの文庫版はほかにもあるが、増補版の単行本は珍しい。現在入手しやすい版は新潮文庫。PHP文庫は木田安彦による最初の単行本の装画が全点収録されており、ルビも新潮文庫より多めで、時代小説慣れしていない読者も読みやすい善本である。定本に相当する愛蔵版は、巻頭に「初ものがたり絵図・本所深川」として地図を掲げてあるが、刊行された作品は当初の六篇と補遺の一篇、計七篇がすべてだ。

主人公の「回向院の旦那」、深川をあずかる岡っ引きの茂七はすでに『本所深川ふしぎ草紙』（91）に登場していた。本所七不思議を下敷きにしたこの連作短篇小説集で、茂七はまだ狂言回し的な存在だが、第四話「落葉なしの椎」と第五話「馬鹿囃子」は『初ものがたり』の先駆けとしても読める。それらと『初ものがたり』との最大の相違は、本作の大きな特徴、季節ごとの口腹の喜びを晴れやかに謳っていない点だ。もちろん、稲荷寿司屋の親爺や拝み屋の日道坊主、手下の糸吉や権蔵といった『初ものがたり』を支えるキャラクターもまだ登場していない。逆に言えば、作者は「不思議」の連作から「捕物帳」の連作に軸足を移すに際して、主人公である茂七のまわりを役者で固める一方、季節ごとの初物をちりばめるといった趣向がどうしても必要だった。

宮部の連作は、文章の平明さと好対照をなす趣向の巧みをもって知られる。最初期の短篇に区切りをつけた形の『かまいたち』(92)はやや異なるが、『初ものがたり』のまえの『幻色江戸ごよみ』(94)は十二か月に対応する十二篇から成っていた。どの作品の場合でも、宮部は土俵をしっかりと据えてからでないと物語を発動させないのである。PHP文庫版の「著者の言葉」には〈目には青葉　山ホトトギス　初鰹／とある初夏の日、深川にある緑豊かな清澄庭園を編集者の方々と散策していて、ふと思いついたのがこの「初ものがたり」というテーマでした。季節感を織り交ぜながら、捕物もある人情小説を書いてみたい——時代小説を手がけはじめて以来、ずっと温めつづけてきた想いが、ようやく一冊の本になりました。物語はまだまだ始まったばかり、切絵図を広げ、江戸の暦をめくり、ワープロを叩き……苦しくも楽しい闘いの日々が、これからも続きそうです〉とある。本作の萌芽は、連載開始前年の一九九三年五月か。作者が人物と趣向を練り上げるのに、一年もあれば充分だった。具体的な作品に即こう。「鰹千両」は棒手振りの魚屋、角次郎と妻のおせん、娘のおはるの物語だ。茂七が到来物の鰹まるまる一本をさばこうと格闘しているところへ、いいあんばいに角次郎がやってくる。

〈さすがは商売人である。角次郎は茂七たちの見守る目の前で鰹をおろし、炭火で切り身の皮に焦げ目をつけて冷水でしめ、三角形の鮮やかな赤い切り口が美しく見えるように皿に盛りつけるところまで、とんとんと手順よく片づけていった。／「あたしはいつも、たたきをつくるときは、この餅網《もちあみ》を使って切り身を焙《あぶ》るんだけど」／かみさんは、角次郎に言った。／「これでいいものかしら。本当は、串《くし》に刺して焙るものなんでしょう?」／「なあに、これでかまいませんよ」／餅網を七輪《しちりん》の上にかざし、まんべんなく皮に焦げ目がつくように時折傾け

たりまわしたりしながら、角次郎は答えた。〉

出入りの魚屋の顔を立てて、角次郎は自分から茂七を訪ねたことはない。それがどういう風の吹きまわしか、不意の訪いだ。面妖なことに、日本橋通町の呉服屋・伊勢屋の番頭が鰹一本の刺身に千両もの大金出すという。真相はこうだ。伊勢屋に生まれた双子の姉娘おみつが、つい最近疱瘡で死んだ。双子の妹おはるは生まれおちるとすぐ捨てられ、角次郎夫婦に実の子として育てられた。鰹に千両は、おはるを引きとりたい伊勢屋の小細工だった。伊勢屋夫婦に引導を渡しに行く前の晩、例によって屋台の稲荷寿司屋をのぞいた茂七が親爺にこさえてもらった卵汁は黄身の二つある「双子」で、これが物語に彩りを添える。だが「鰹千両」が記憶に残るのは、初鰹やら卵汁やらによるのではない。〈捕物もある人情小説〉にふさわしい、大金をめぐる人情の行方によるのだ。

おはるが捨て子だったと確認したあとの茂七と角次郎夫婦のやりとりを、時代劇によくある紋切り型と呼ぶのはたやすい。しかしこの場面があるからこそ、茂七は翌日再び伊勢屋を訪れて主人夫婦に、おはるはあんたらに捨てられたときに死んだのだから諦めろ、と対峙できる。さらに茂七は、「あの千両は俺にくれ」と要求した口止め料を今度は逆に伊勢屋に差し出して、おはるが捨て子だったことはこの世の誰にも口外するなと釘を刺す。紋切り型の上を行くのにはさらなる紋切り型をもってする、というのがここでの宮部の小説作法である。

数日経って、おはるがお礼に鰹を一匹下げてやってくる。〈「もしもよろしければ、おとっつぁんがこれをおろしにうかがいますけどもって言ってました。どうします、親分？」／にっこり笑って、茂七はおはるに言った。／「頼むよって、おとっつぁんに伝えてくれ。おっかさんによろしくな」／脇《わき》でかみさんが呆《あき》れている。／「よくわからないわねえ。あの鰹を千両でどうのこうのってことでしょう？　おまえさん、何もしなかったじゃないの」／いや、一発張り飛ばされたと、茂七は心のなかで思った。〉始まりに呼応した鮮やかな幕切れである。

掲載誌の発行時期と作品に描かれた季節の一致に注目したい。一九九四年二月号（発売は一月二十二日）の第一話「お勢殺し」は新年一月十六日の藪入りの話、第二話「白魚の目」（五月号）は二月末の大雪の日の描写で始まる。第三話「鰹千両」（八月号）は風薫る五月、第四話「太郎柿次郎柿」（十一月号）は柿の実る十月、第五話「凍る月」（翌年二月号）は木枯らしの吹きすさぶ師走、第六話「遺恨の桜」（五月号）はしだれ桜の咲く季節。ここに、月刊誌に年四回掲載するという変則的な形態を作品の条件に織り込んだ作者の心意気を見たい。菜の花の季節の「糸吉の恋」はこの原則から若干外れており、単行本刊行後にとりあえずの幕引きを図った苦肉の後日譚のように読める。文体も、先の六篇に較べて精彩を欠く。〝ボーナス・トラック〟たる所以だろう。

新潮文庫の「あとがき」にあるように、本書は掲載誌が廃刊したため連作途中で書籍となった経緯がある。作者はいつか必ず再開すると確約しているが、連作としては完結していない。本書の続篇が書かれていない理由は推測の域を出ない。ただ、今のところの最終的な刊本である愛蔵版のあとがき「読者の皆様に」では再開についての言及はなく、その後の時代小説の単行本にも現役時代の茂七は登場しない（単行本未収録作品に、木田安彦の画を添えた『オール讀物』二〇〇二年一月号の「寿の毒」と翌年一月号の「鬼は外」の「茂七の事件簿」二作品があるのだが）。「小説歴史街道」に「糸吉の恋」を掲載したあと、宮部は同誌九六年十二月の冬号に中村隆資ら七人によるリレー小説「鐚鳴り」の第四話「あかね転生」を発表している（『運命の剣 のきばしら』97）。その登場人物、質屋の主人の名もまた〈角次郎〉なのは単なる偶然か、連作『初ものがたり』への目配せか。

宮部の捕物帳には、『震える岩』に代表される「霊験お初捕物控」シリーズと茂七シリーズがあり、時代小説には世話物・人情物・市井物の、さらに近年ではそれに加えて怪異物の一群がある。全方位的なこの時代小説作家が、回向院の旦那を引き連れて本所深川に戻ってくるのを心待ちにする声は小さくない。（日本文学研究者）

宮部みゆきと超能力ヒロインたち――『鳩笛草』論――

塩戸蝶子

宮部みゆきは超能力を扱った作品として、本作の他に『龍は眠る』(91)、『クロスファイア』(98)、『蒲生邸事件』(99)、『楽園』(07)などを著している。時代小説では、『かまいたち』(92)所収の「迷い鳩」「騒ぐ刀」(初稿はそれぞれ86年、87年であると『かまいたち』あとがきに記されている。)、『震える岩　霊験お初捕物控』(93)、『天狗風　霊験お初捕物控二』(97)の「霊験お初シリーズ」を発表している。

『鳩笛草』は超能力を持った三人の女性たちの短編集であり、一九九五年に光文社カッパ・ノベルスとして刊行された。その後二〇〇〇年には『鳩笛草―燔祭《はんさい》・朽ちてゆくまで』と改題され光文社文庫へ、そして装いを新たに二〇一一年からは光文社文庫プレミアムで刊行されている。

宮部作品初の超能力ヒロインは「迷い鳩」「騒ぐ刀」のお初であるのだが、その他に本作所収の三編、「朽ちてゆくまで」の麻生智子、「燔祭」の青木淳子(淳子はその後『クロスファイア』のヒロインとなる)、「鳩笛草」の本田貴子が、宮部作品の超能力ヒロインとして浮かび上がってくる。「霊験お初シリーズ」が、謎解きを主題とした明快なものであるのとは対照的に、〈能力」というものの不思議さと理不尽さは、私にはとても興味深いテーマに感じられます。どういう能力でも、それは必ず便利さや楽しさと背中合わせに、厳しさや辛さを隠し持っているはずだと思います。(…)ミステリーや恋愛小説の中でこのテーマ(筆者注・超能力)を書くことは出来ないか、と考えているうちに、本書が生まれました〉（カッパ・ノベルス版「著者の言葉」9）と、後者二作を宮部は評している。大森望は、この宮部の言葉を踏まえ、〈超能力を〝大きな物語〟として描くか〝小さな物語〟として描くかの違い〉（『鳩笛草』、光文社文庫版解説）と言っている。大森は、〈大きな物語〉を〈超能力を通じて世界の変革を描くタイプ〉とし、〈小さな物語〉を、〈特殊な力を手に入れた個人がその力とどう付き合っていくのか〉と定義している。

〈その力とどう付き合っていくのか〉に関して、前述のお初はさほど苦労していない。初潮をきっかけに見えないものが見え、聞こえない声が聞こえるようになったお初であるが、『耳袋』の著者である根岸《ねぎし》肥前守《ひぜんのかみ》鎮衛《やすもり》を良き理解者として持つ事になる。家族である兄たちや兄嫁の理解も深い。月経と能力の発露に関してはスティーブン・キング『キャリー』を思い出さずにはいられない。キャリーは初潮をきっかけに能力が芽生えたわけではないが、冒頭のシャワールームの騒ぎの発端はキャリーに訪れた初潮である。宮部は〈スティーヴン・キングが好き〉（井沢元彦『だからミステリーは面白い』有学書林、95）とはっきり述べているし、彼女が『龍は眠る』の冒頭に掲げたエピグラムの書名である〈デーヴィット・R・コングレス『あばかれた影』〉とは、『キャリー』に描かれる彼女に関する一連の事件の記録書であり、架空の書物である。『クロスファイア』映画化に際し、〈スティーブン・キングへのオマージュみたいにして、パイロキネシスの女性を書きたかったものですから〉（「キネマ旬報」00・6・15）、との発言があり、「燔祭」『クロスファイア』がキングの『ファイアースターター』に由来することを考えれば、お初の初潮の件も含め、宮部みゆきの描く超能力の背景にはキングが透けて見えることが指摘できる。

さて、大森が述べた〈小さな物語〉の主人公である智子、淳子、貴子は、〈その力とどう付き合っていくのか〉に関して、苦悩を強いられる。智子は、幼いころの自分を撮影したホームビデオから、自分に予知能力があったことを知る。ビデオの中の智子は〈泣き、苦痛を訴え〉〈理解することのできない未来の映像に脅え〉〈子供には大きすぎるその能力に押《お》し潰《つぶ》されそうになっていた〉。予知能力があってもそれをうまく言葉にすることも文字にすることも出来ない子供。その〈どうしようもない無力感〉を撮影者である両親ともども智子は抱えていたのだった。智子はビデオテープに火を放ち、家を全焼させるが奇跡的に助かる。そして予知能力も復活するのであるが、〈もう、あの力に痛めつけられるばかりではない〉〈あの力とどう共存するか〉と、大森の言う〈小さな物語〉の体現者となるのである。

「燔祭」は、ある事件が起こり、語り手の多田一樹が〈——彼女が帰ってきた〉と二年前の青木淳子との出来事を回想する形をとる。〈宮部みゆきは旧来の小説が終わった地点から物語を始める〉（『魔術はささやく』新潮文庫解説）という北上次郎の言葉そのものの小説である。淳子は〈わたしは装填された銃みたいなもの〉と語り、〈「だけど、撃つときは正しい方向に向かって撃ちたい」〉〈「わたし、人殺しをしたがってるわけじゃないわ」〉と言う。淳子は〈「感情を高ぶらせたりすると、それ（筆者注・念力発火能力《パイロキネシス》）が起こることがあった」〉と言い、額や腕には火傷の痕が残っている。淳子が念力発火能力《パイロキネシス》と〈どう付き合っていくのか〉と考えてきた結果である。そんな淳子は、一樹に〈神の代理〉〈生殺与奪の権を手にした存在〉と映る。一樹こそ淳子の力を借り妹の復讐をした人間であり、淳子が姿を消した二年間はそのために費やされた時間であるのに、その言い草は些か間違っているのかもしれないが、非超能力者が超能力者に抱く畏怖としては、とてもまっとうな感情である。

刑事が超能力者だったら、どんな事件も解決できるであろう、という事を逆手に取ったのが「鳩笛草」である。女刑事の貴子は透視能力者であり、手に触れたものからその背景を読み取ることができる。そして、〈この力を使って早々と私服刑事になることができた〉存在である。しかしこれも、北上の指摘するとおり、〈終わった地点〉（正しくは終わりかけた地点）から物語は始まる。貴子の透視能力は衰えを見せ始めるのだ。その理由は明らかにはされない。しかし、その衰えに貴子は激しく動揺する。〈「（…）あたしは何もしてこなかった。この力を使ってきただけ。この力抜きじゃ、あたしは何者でもないのよ」〉と、貴子は自分のアイデンテティと能力を重ねあわせている。超能力者でなければ、自分の存在価値がないと言うようなこの文章から、〈その力とどう付き合っていくのか〉を超えて、その力を失いかけた時にどう生きるのかという超能力者だけの持つ悲しみと苦しみへの問題提起が見られる。

『鳩笛草』は、ただの女性超能力者短編集にとどまっていない。「朽ちてゆくまで」では両親を亡くした智子が唯一の肉親である祖母までを失い、遺品整理の中で件のホームビデオが見つかるというミステリーの形を取る。「燔祭」も、発端となる一樹の妹が巻き込まれた事件について前半を割き、はっきりと淳子の名前が出るのは中盤である。「鳩笛草」には、失意の貴子と同僚とのロマンスが挟み込まれている。この部分が宮部独自の仕掛けであり、〈ミステリーや恋愛小説の中でこのテーマ（筆者注・超能力）を書くことは出来ないか〉に対応する。

宮部は超能力に対し〈もし本当にそういうのがあったら、持ってる人は大変だろうな〉〈自分ではどうすることも出来ないものだし、あるとものすごく迷惑な力〉（井沢前掲書）と表現している。その反面、〈題材としてはすごく面白い〉（井沢前掲書）と語っている。大沢在昌は、〈（…）それぞれのヒロインはささやかな生き方しか望んでいない〉（『鳩笛草』カッパ・ノベルスカバー裏）と評した。彼女たちは超能力者以前に一人の人間であり、女性なのだ。むしろ超能力者故に苦悩し、傷つき、厳しく生きることを自分に課している女性ばかりである。〈特殊な力を手に入れた個人がその力とどう付き合っていくのか〉、言い換えれば、こうしたニュータイプの超能力者たちに焦点を当てつつ、本作はそれ以外の要素でも読者を引きこませる要素や仕掛けのこもった作品集である。（歌　人）

メタ・ミステリーとしての『人質カノン』――原　善

『人質カノン』（文芸春秋、96・1）は、「オール讀物」や「小説新潮」に分載された七つの好短篇から成る作品集だ。コンビニ強盗に遭遇して人質となってしまったOL遠山逸子が、容疑者ではなく別に真犯人がいるのではないかと推理していく表題作「人質カノン」の、表題にある〈カノン〉（canon）は輪唱・追複曲の意味である。表題作それ自体に限った〈カノン〉の意味とは、既に作者自身が〈「人質カノン」では偶然に人質にとられた三人の思惑が交錯していく――という意味合いで、このタイトルにしました。〉（大沢オフィス公式ホームページ「大極宮」のアーカイブ「過去の大極宮」内、「作家たちへの質問」）と回答していたように、同一モチーフの反復・変奏・交錯という意味だとしたら、表題作内部だけではなく、収録作品集全体の中でも、配列された各短篇が同一モチーフを繰り返しているかに見える作品集『人質カノン』そのものもまた、〈カノン〉形式をとっていると言えよう。

その同一モチーフが何かと言えば、例えば西上心太は〈いじめが底にある作品が三篇もある。〉（「解説―失ってはならない思い」『人質カノン』文春文庫、01）と述べて、全作の通奏低音としての《いじめ》というモチーフを拾っているし、〈地域社会のふれあいの〉無さも挙げている。〈人間関係の希薄な都会を舞台にしたミステリー7編を収めた短編集。SF、ホラー的要素を排し「都会」「孤独」を扱った比較的ストレートな作品を集めている。〉（『まるごと宮部みゆき』朝日新聞社、02）とする整理では〈「都会」「孤独」〉がそのモチーフということになろう。その他にも〈生を肯定しようとする〉（佐藤泉「人質カノン」、歴史と文学の会編『宮部みゆきの魅力』勉誠出版、03）共通モチーフや、〈都会人が友をもとめる物語〉（関川夏央「解説―過去を差別しないという原点」『蒲生邸事件』文春文庫、00）という共通点を見る理解も示されている。

確かに主題的なモチーフとしてなら、以上の指摘はいずれも正しいと言えよう。しかし最も注目したいのは、いずれの作品も年若のアマチュアの探偵が活躍するというところに共通モチーフが見出せるという点だ。

思えば宮部の作品には『パーフェクト・ブルー』（89）の蓮見加代子のようなプロの探偵が活躍する探偵小説というべきものや、『火車』（92）の失踪したＯＬの行方を探ることになった本間刑事のような（休職中とはいえ）刑事ものも多いが、古本屋の老店主が毎回事件を解決していく『淋しい狩人』（93）のように、プロではない素人が事件を解決していく系列も多い。その意味では、素人探偵の活躍は決して珍しいものではないのだが、それがほぼ全作に共通しているというところに本書の大きな特徴があると言えるのだ。「人質カノン」で主人公逸子が〈「嫌だね、お客さん。刑事みたいなことを訊いてさ」〉とコンビニ店員から疎まれ、〈「お姉さん、刑事みたいだね。質問に質問で答える。」〉と少年から揶揄られていることが象徴的だし、「過ぎたこと」の（事件のおおよその解明は元同僚の警察官が行なっているとは言え、あくまでもそれは推測であり）主人公の調査員は元刑事であるにも拘わらず、少年の抱えているいじめ、そして、そのことを多忙な両親に打ち明けられないという問題の解決どころか、関与すらできなかった、ということが典型的な例だが、そうしたプロの調査員・探偵・刑事ではない素人探偵こそが（たとえそれ自体は小さなものであっても）様々な謎を解明していく、という物語内容をいずれの作品も持っているのだ。（「十年計画」は主人公でなく読者に突きつけられた謎だという意味で少しく例外だが）偶然拾った手帳の持ち主が巻き込まれているかもしれない事件を推理していく「過去のない手帳」。祖父の残した遺書めいたものの秘密を解き明かそうとして閉じ籠った部屋から動き出す「八月の雪」。マンションの上階からの水漏れを発端に今まで気にかけることも知り得ることもなかった上の階の住人の真実が（主体的に解明したわけではないものの）明らかになっていく「漏れる心」。男に振られて死のうとしたOLと、いじめにあっている小学生が、行きがかり上一緒に、夜の学校に宿題を取りに行く中で見たお化けの正体が明らかになっていく「生者の特権」。

そして祭の夜にガールフレンドの従姉の変死に出会ってしまった『夢にも思わない』（95）の雅男や、予備校の入学試験を受けに来たホテルでタイムスリップした『蒲生邸事件』（96）の尾崎孝史のように、宮部作品の中で素人探偵の役を果たすのは少年の場合が多いのだが、本書『人質カノン』の場合でも、多くは少年の解決能力が光っている。主人公は元刑事の調査員であり事件の解明もできなかったかのように見える「過ぎたこと」にしても、（その主人公の元同僚の洞察が正しければ）主人公を練習台にしていじめの問題を両親に告白して解決した（だろう）のは本人の中学生の方だったのだ。そして「過去のない手帳」で手帳を拾ったのは大学生の和也だったし、「八月の雪」で遺書をめぐる冒険を始めたのは遺書の書き手の孫に当たる中学生の充だった。「人質カノン」でも主人公の推理とは、〈眼鏡をかけてるわりには、よく見える目を持っている〉という少年の推理を〈あくまでも、もし、眼鏡くんの考えてることがあたっていればの話だけどさ〉と後追いしていく形のものだったのだ。

そうした彼らが遭遇した、そして解明しようとした物事はみな、コンビニ強盗の真犯人であればこれはもう推理小説の謎そのものなのだが、そうでなくとも、電車で拾った奇妙な手帳、祖父の遺品の中の遺書、階上の部屋の秘密、等々は、皆、主人公たちを推理の誘惑に駆る謎なのだ。

〈「事件が解決したら、犯人がどうしてあんなものを持っていたのか、わたしに教えてほしいんです」〉と刑事たちに依頼する「人質カノン」の逸子は、犯人の逮捕そのものよりも、犯人がなぜ玩具のガラガラを持ち歩いていたのかという謎に囚われており、その理由を質され〈「興味ありますもの。突飛だから」〉と答えている。彼らは謎に出くわすと、そのままではいられないのだ。「過去のない手帳」で謎の解明後、和也は手帳の持ち主と同様に〈考えてみれば、オレも失踪中みたいなもんだもんなあ……。〉という感慨を抱いているが、これは単に彼が五月病だったというにとどまらず、彼らが皆サスペンスのペンディングのままにいるということの象徴でもある。「八月の雪」の充も事故で片足を失ったことで引き籠っているし、「生者の特権」の明子は振られた失意の中から抜け出せないでいた。それらは皆ある種〈人質〉状態だと言えるのだが、その中で自分の現実と直接は関係のない謎に出会い、その解明の誘惑にかられながら作品世界を生きていく、という彼ら登場人物の在り方は、そのまま我々ミステリーの読者なるもののアナロジーに他ならない。〈和也は目的を失った大学生活の倦怠の殻を破り、閉塞した現在を変えようとするのである。優れたミステリーが娯楽を越え、人間存在の追求であることを証明した好短編〉（山田篤朗「過去のない手帳」前掲『宮部みゆきの魅力』）という評言があるが、そうしたミステリーの意義を称揚するような作品でもあろうが、主人公が最後にどうなったか、よりも、作品時間の中でどうしていたか、に注目すれば、本書にはミステリーの意味・機能を作品化しようとした、すなわちメタ・ミステリー的な作品が並んでいるとすべきなのである。〈閉塞した現在〉とは登場人物の置かれた状況だけでなく（いかに楽しいものであれ）読書行為そのものであり、そこで示された謎は読者を〈人質〉というモラトリアム状態に閉じこめ、読者はその〈殻を破〉るべく謎を解こうとしていくのだ。例外的であった「十年計画」の面白さも、実はそうした読者が謎を解く原理そのものが描かれていることにあるのだ。かくして短編集『人質カノン』を満足して読み終えた読者は、宮部みゆきの魅力に囚われ、次なる宮部作品の〈人質〉となって読み漁っていくという、ミステリーのカノンを奏で続けることになるのだ。

（近代文学研究者）

『蒲生邸事件』――歴史のなかの今――

杉井和子

・注目される点、そして線

『サンデー毎日』（94・6～95・6）に連載された『蒲生邸事件』は、二つの単行本と『文春文庫』（00・10）の間、NHKテレビドラマ化（98）、ラジオドラマ化（99）。第十八回日本SF大賞、第116回直木賞候補となる。題名は「蒲生邸事件」だが、重要な歴史的事件は、昭和十一年二月二十六日首都で起きた青年将校達の反乱である。二・二六事件が、ある一家の事件、蒲生憲之という元陸軍大将（具体的なモデルはない）の自決事件として描かれたことが重要だ。歴史を虚構的な枠組に拮抗させて、そこに「空想」を〈タイムトリップ〉（時間旅行）で肉付けした小説である。宮部はすでに「八月の雲」（『人質カノン』03）で同事件を扱った。中学生が二・二六にかかわった祖父の友人の話を聞く形で、青年将校達の思いが語られる。「正しいことをしていると信じていた」ことが戦後になって批判され、若者達は何を信じていいのかわからなかったという歴史の体験を描いていた。『蒲生邸事件』では、そのわからなかったことが独得な方法によってさらに深められた。関川夏央の指摘のように（文庫本解説）歴史を知ることがどういうことか、それが謎解きのスタイルで極められる。なかでも重要な鍵は、未来を過去の時間操作で自在にやりこなせる超能力者（負のオーラを持つ）を登場させて、過去の事件の総括という歴史のありきたりの形ではない点である。同時に、この小説は一方的なSF小説の方向に流れずいわゆるファンタジックな物とは様相を異にし、時間旅行者は幽霊的である以上に、極めて思索的な人間になった。結果を知る過去を今として、未来を想像する逆さまの視点が確立する。

宮部は清張の『昭和史発掘』の二・二六事件を基とし、永田、相沢、荒木、真崎、安藤など、陸軍に実在した人物名を記して、今も謎の多いこの事件を取り上げた。清張は、陸軍内部の動きを、不可解な人間達の行動として浮かび上らせ、陸軍による軍国主義から太平洋戦争への道のりを、社会を動かす巨悪の構造として明らかにした。末国善己は、社会派ミステリー作家の清張に「巨悪」の鍵語を用いた。（「推理小説」『宮部みゆきの魅力』勉誠社03）しかし、宮部は蒲生憲之元大将とその一族（使用人を含め）のカオを次々に人間模様として描き出し、決起の日の大将の自決への疑惑をモチーフとした。小説の進行係は、外部から家の中に入って来た時間旅行者の上野孝史。二・二六事件の四日間を語る。最終的には、憲之の息子の貴之の証言ですべての家内での謎が明かされる。その過程で、他殺の可能性、犯人捜しなどが、探偵なき推理小説風に展開し、究極的には歴史の事実と歴史との細かい分析へと収束する。歴史の事実を情報のみで（書物も含む）鵜呑みにしないとする強い意志が、孝史の事実、現場に立ち会うこと、身体感覚によって体験することに表われる。未来が過去の今になるとはまさにこのことである。「重臣達は殺された。今日のうちに決起部隊は反乱軍として鎮圧され、やがて近いうちに青年将校は殺される」「行く手には太平洋戦争が待っている」などの小説中の文章は、誰もが認識している二・二六事件だが、「蒲生の自決によっても歴史の流れは変わらなかった……細部の修正はできても」と宮部が新しく書く時、実は、だからこそ細部が逆に重要になるという発信をしているのではないのか。

蒲生家という外から閉ざされた一つの家に照準が当たるのは何故か。極小化された空間、小さな事実、それを点と名付けよう。クーデターの動きを受け止める眼は簡単に普遍化されず、異なる立場の視点が問題とされる。〈庶民感覚〉は当の事件から離れ、恐怖体験になっていない。「官庁街のほうで何かどんぱちがあったらしいという程度の知識しかない」こと、「流言」でさえ一部的であること、この事件での「民間人の死者は？　兵隊に撃ち殺された市民はいたのだろうか」などと孝史に語らせている。彼は医者を迎える口実を使って、自ら危険を冒して決起部隊の鎮圧部隊の現場を見るために家を出たのである。すでに大きく総括された歴史の結果を、時間を遡行させて、今、局点の事実を見て体感し検証する。その謎解きの方法こそ清張の「点と線」の発想だ。

・蒲生邸のある場所の意味

小説の内容は㈠その夜まで、㈡蒲生家の人びと、㈢事件、㈣戒厳令、㈤兵に告ぐ、終章　孝史である。後半で、二・二六事件が強調されているのは明らかだが、本当は憲之の自決の謎を解明する㈢がクライマックスである。まずは、この私邸の事件を捉えるために、小説の舞台である場所に眼を向けよう。

孝史は予備校の試験を受けるため、平河町一番ホテルに泊っている。ホテルのフロントの場面から小説は始まり、壁の額に、ここに旧蒲生邸があったこと、二・二六事件で自決した大将の肖像写真と説明（昭和23年）を見つける。現在、ここは、三宅坂―半蔵門―四谷方面に行くお濠のそばの道と、最高裁や議事堂に囲まれた官庁街で、生活感のない場所である。孝史はホテルで遭遇した超能力の時間旅行者平田の力で過去に戻ることができた。使用人として蒲生邸に入り、住み込むが、ホテルの火事で意識を失い、昭和十一年のあの日、現場に立ち返ったことになっている。有名な将校達の雪の行軍の風景は、「おとぎ話のなかに出てくる雪の女王の国のそれ」のように見えている。今は人間臭のない無機的な都市が、雪の上に何本もの電柱だけ出している風景になる。同じ場を、現在とあの日の今に交差させ、そこに突然別の威容と時代性を以って、「半円のアーチ型をした玄関―二階―洋館―博物館か銀行の本店みたいな―三角屋根つきの時計塔―赤煉瓦の外壁」の蒲生邸が立ち現われる。周囲から孤立した閉塞的な内部での人間ドラマがここから繰り広げられる。チェスタトンは、都市のもつ〈田園より詩的〉で、〈ロマンスをもつ〉点を探偵小説に繋いだが（『探偵小説の弁護』別宮貞徳他訳）、ここにも犯罪に絡む都市の奥行きが広がっている。宮部のふるさと深川を舞台とした時代小説と、場所こそ違え、家庭の内部にうずまく人間劇―金銭、夫婦、親子、主従関係などの通俗性は共通している。原点に人間の愛情劇を置いて、感情、恐怖のリアリティーを持たせる推理小説の方法は宮部の得意技である。

・蒲生憲之の自決をめぐって　一般的に犯罪の動機は、金銭か怨恨であり、犯人を決める方法は不在証明であろう。この小説も例外ではない。憲之が自決でなく他殺かとの疑惑が生まれたのは現場に拳銃が残っていなかったからだが、犯人探しは、「ハムレット」風で特に動機が強調される。まずは内部の者から、弟の嘉隆と、後妻の鞠恵との不倫関係、遺産をめぐる内緒話を聞かれたことが一番の疑惑を生む。次に憲之の名誉ある自決を阻み、遺恨のある人間がただの殺人事件にした可能性、自在に出入りできる平田の疑惑などと進み、遂には、憲之の死後、父の怨みをはらすべく銃を取った人間として珠子の犯行が浮上する。生前の父と敵対した叔父とその愛人を殺す意図、または、母の死後、父に親切にした黒井に嫉妬したことなどの動機が書かれる。結局、貴之の証言によって、父は自決し、珠子の計画は失敗したこと、父が皇道派と統制派のゴタゴタの中で、将校達の決起を止める文書を貴之に託したことなどが次々にわかる。要するに、歴史は何も変わらず、人間の思い込みと誤りが強調される。一つ一つのリアルな動機が浮上し、それが次々に打ち消され、リアルな感情だけが最後まで残る。

・人間として今を生きる　平田は、未来と過去を入れ替えるタイムトリップでパラレルワールドを作ることはSF好きの表現に過ぎず、歴史は人間が積み上げてゆくもので、超能力も所詮はまがい物の神の技であると語る。この平田の苦渋の呟きに人間の真実があり、貴之の「今は判らない。生き抜いてみるまでは」に歴史を生きる今が注目される。むしろ、孝史の若いふき（使用人）との再会の期待の方に、心情に彩られた真の未来と過去が語られているようだ。

（元・茨城大学教授）

「理由」――ノン／フィクションの境界と「不安」の様相――

山根由美恵

直木賞受賞作「理由」（98）は、億ションで起こった四人の殺人事件の究明を架空のノンフィクションという方法で語った、宮部みゆきを代表する社会派ミステリーである。「理由」の特徴ともいえるルポルタージュ風の語りについて、宮部はインタビューでカポーティの「冷血」（65）に影響を受けたと語っている（『まるごと宮部みゆき』朝日新聞社、02）。同インタビューにおいては、インタビュアが「理由」と村上春樹「アンダーグラウンド」（講談社、97）との近似性を指摘している。また、宮部は「模倣犯」（01）においてマイケル・ギルモア「心臓を貫かれて」（村上春樹訳・文藝春秋、96）に触発されたとも語っている。本稿では、「理由」・「冷血」・「アンダーグラウンド」・「心臓を貫かれて」を比較するという方法で「理由」の特徴を捉え、そこからノン／フィクションの境界について考えてみたい。

「冷血」は、アメリカ中西部キャンザス州ホルカムで起こったクラター一家四人惨殺事件について、膨大なデータ収集および整理に五年間をかけて描いたノンフィクション・ノベルの大作である。作者が感情移入したのは主犯ペリー・スミスであり、ペリーの「冷血」な心境を描くことに作者は集中していた。ペリーは殺人について、〈わたしが申しわけないと思っているかって？　もしきみのいうのがその意味だったら、それはちがうといいたいね。わたしはそのことについて、なんとも感じちゃいないんだ。感じられたらいいんだがね。しかし、そのことでは、わたしはちっとも煩わされたりしないんだ〉とその「冷血」ぶりを冷静に語っている。

ペリーと同様に、「理由」の殺人犯・八代祐司は家族という血のつながりを否定し、血の通っていない人間、〈レプリカント〉として描かれている。八代の子を私生児として出産した宝井綾子の弟・康隆は、八代について次のように考える。〈人を人として存在させているのは「過去」なのだと、康隆は気づいた。この「過去」は経歴や生活歴なんて表層的なものじゃない。「血」の流れだ。あなたはどこで生まれ誰に育てられたのか。誰と一緒に育ったのか。それが過去であり、それが人間を一次元から三次元にする。そこで初めて「存在」するのだ。それを切り捨てた人間は、ほとんど影と同じなのだ〉。宮部作品は「家族」がキーワードであると評されているが[注]、八代は、虐待を受けてきた自身の家族の元から家出し、綾子の妊娠において自身の子を認知せず、さらに、家出以来一緒に暮らしてきた疑似家族を惨殺する。八代は何重にも「家族」「過去」というつながりを否定する人間として描かれている。しかし、「理由」の場合、八代の冷血さは本人の談ではなく、周りから語られている。宮部みゆきは悪人を書かないと評されるように、八代の人物と人生、更には殺人の動機といった最も肝心な部分の描写が希薄である。殺人犯の歪んだ心理を克明に描いた「冷血」の圧倒的な迫力と比べると八代は存在感が薄い。逆に50人以上登場する登場人物には個性と人生が与えられ、一人残らず克明に描かれ、事件をめぐる人間の重厚なドラマが展開されている。「理由」の特色は、周辺人物の描き方の緻密さにあるといっていい。

そして、「理由」は、「冷血」よりも恐ろしい側面がある。それは「冷血」のペリーは特殊な人間であって、自分とは関わらないと思わされるのに対し、八代の予備軍は現実に存在しているとマンションの住人・葛西美枝子に語らせていることである〈〈今の若い人なんて、みんな八代祐司の素因を持ってるんですよ〉、〈ここの人たちにとって、八代祐司は、全然異質の怪物みたいな人間なんですよ。本当はそうじゃないんだけど、今はまだそう思っていたいのね〉〉。これを受け、物語のラストでは、小糸孝弘少年が自分は八代と似た側面があると語り、次のような重い問いを投げかける。〈僕がおばさんたちとずっと暮らしていったら、やっぱり成人しておばさんたちが邪魔になったとき、僕もおばさんたちを殺したんだろうか〉。少年が自身も八代のように人を殺してしまう可能性があるのかと問わずにいられない状況。これはフィクションのみならず、現実の世界に不穏な空気が生まれ始めていたことと呼応している。「理由」の前年に出版された「アンダーグラウンド」において語られるサリン被害者の言葉には、もちろんオウムへの怒りが多いのだが、同程度にオウムという集団の気味悪さと、彼らを生み出していった社会構造への不安が語られている。オウムは荒唐無稽で、残虐、一般的には受け入れがたいものとして捉えられ、自分たちとは違う人間としてカテゴライズされている。しかし、そういった人間は少しずつ増殖しはじめてもいるのである。「理由」で語られた八代祐司の素因を持つ若者たちの存在、「僕もおばさんたちを殺したんだろうか」と問わずにはいられない少年孝弘。「理由」、「アンダーグラウンド」が刊行された時期は、このような不安が生まれ始めた時期でもあった。

宮部は先のインタビューにおいて「模倣犯」を書く際に「心臓を貫かれて」にインスパイアされた部分があると語っているが、「理由」にも「心臓を貫かれて」と同質の問題が含まれている。「心臓を貫かれて」は、二人を惨殺し、自ら死刑を求めたゲイリー・ギルモアの実弟・マイケル・ギルモアが、兄・ゲイリーを生み出した要因を自らが血を流すようにして調べ上げたトラウマのクロニクルである。この書の最も苦しい真実は、人間を破滅させるのは、烈しい愛と憎しみからくる暴力の連鎖であり、ある地点を越えてしまったトラウマは回復不可能である、ということである。それはギルモア一家のみの問題ではない。ゲイリーの兄、フランクは次のように語っている。〈この国（注　アメリカ）では何万、何十万っていう数の人間が同じような人生を送っているんだ。そして、そういった連中の多くはゲイリーと同じような道を歩むことだろう。同じように人を殺し、同じように死んでいくだろう。刑務所に長いあいだ放り込まれて、恐怖と残虐をたっぷりと味わうことで、彼らの人間性は根本から変えられてしまう。もう後戻りすることのできないところまで行ってしまうんだ〉、〈誰でもいい、何か問題を抱えた子供を選んで——感情的な問題でもいい、あるいは家庭の問題でもいい——世にも恐ろしい少年院なり刑務所なりにしばらく放り込んでみるといい。その子供はおそらく、ゲイリーみたいな人間になってしまうことだろう。／ゲイリーはもう後戻りできない地点に到達していた。あいつが求めていたのは死による解放だった〉。

ここには「理由」で語られていた不安と同質のものがある。

「アンダーグラウンド」「心臓を貫かれて」はノンフィクション、「冷血」はノンフィクション・ノベル、そして「理由」はルポルタージュ風のフィクションである。これらの境界は驚くほど曖昧であり、現代社会が抱える同質の問題を描き出している。特に「心臓を貫かれて」は96年、「アンダーグラウンド」は97年、「理由」が98年と発表年も近似している。この時期、突然襲いかかるかもしれない暴力の根が身近に息づいており、見えにくく、捉え難いことから生まれる不安が、ノン／フィクションの壁を越え、共有されていた。その後、宮部は「模倣犯」で八代的モンスターを追究し、一つの頂点に達することになる。

（広島国際大学非常勤講師）

注　谷川充美氏は「宮部作品の特徴は、先に指摘したようなミステリーの常套的な技法を駆使しつつ、海外のミステリー作品からも積極的に新しい技法を取り入れながら、一貫して日常性に重きを置いて、人間のもっとも身近な共同体である「家族」を重要なモチーフ、あるいはテーマとしている点にある」（『安田女子大学大学院文学研究科紀要』2006）と的確に評している。

『クロスファイア』——孤独な魂を癒すものはなにか——

上坪裕介

本作の主人公・青木淳子は孤独な魂の持ち主である。念じただけで強力な火を放ち、対象を燃やし尽くしてしまう力を我が身に宿していたため、幼少の頃から人との交わりを避けて生きてきた。制御の難しい力は、感情の起伏によって暴走しかねなかったからだ。彼女を理解し、幸福を願う者は両親以外には誰もいなかった。彼らは淳子が持って生まれてしまった力を制御し、正しく用いて幸せになれるようにと訓練をさせ、教育を施し、精一杯の愛情をそそいだ。しかしそんな両親も高校を卒業する頃には二人とも亡くなり、以来、淳子はたったひとり、なるべく他人と関わらずにひっそりと暮らしてきた。親が遺してくれた財産のおかげで生活に困ることはなかったが、社会との最低限のつながりを保つため目立たぬように働いた。親しい友人もおらず、頼る者もいない。笑顔を交わしておしゃべりをする相手すらいなかった。

我々はそんな淳子の生の在り方を、いったいどのように想像したらいいだろうか。彼女にかぎらず、人間はみな孤独だ。わが身ひとつで混沌とした世の中へ投げ出され、先の見えない歩みを強いられている。普段は気づかぬふりをしていても死への恐怖は常につきまとう。多かれ少なかれ痛みを抱え、重荷を背負って生きている。だからこそ人は人を求め、孤独を紛らわそうとする。おしゃべりをし、笑顔を交わす。それが一時的な慰めにしかならず、かえって傷つくことになるかもしれないと知りながらも、人は心をかさね体をかさねあう。だが、淳子にはそれすらもできなかった。自分の存在理由すら見えない日々のなかで、ひたすら孤独にたえてきたのだ。それは果たして生きているといえるだろうか。そもそも人間は、紛らわす術のない完全な孤独にたえうるほど強くはない。

彼女はやがて自分が「人間」であるという認識を捨て、凶悪な犯罪者、法で裁ききれない悪人を殺す「武器」として己を活かす手立てを探ろうとする。

淳子は常人にはない力を備え持ってこの世に生まれ落ちた。ならば、それを利用せねばならない。それも正しく、有益な方向に。／他の存在を滅ぼし、食い尽くすためにのみ存在している野獣を狩る——という目的のために。——あたしは、装填された銃だ。

この自己認識は彼女にとって、ひとりの女性として平凡に生きることすら叶わないのであれば、せめて他人の役に立つことで自分の存在価値を見出したいという、切実な欲求によるものにちがいない。そうすることで誰かとつながり、必要とされることを望んだのだ。永遠の孤独から逃げ出すためにはほかに選択の余地はなかった。自分と似た「力」を持っていた祖母が〈正義の味方だった〉と両親から聞かされていたように、「正しく」能力を活かそうとした結果が〈野獣を狩る〉ための〈装填された銃〉として生きる道だった。だが自己認識がどうあれ、それは善悪の議論を待つまでもなく殺人者になるということだ。

淳子の幸せを第一に考えた両親の願いは、彼女を殺人者にすることではなかったはずだ。おそらくは、完全とはいえなくとも日常生活に支障がでない程度には能力を制御し、普通の女性としての幸せを手に入れることを願っていた。友人とくだらない冗談を交わし、無駄な時間をたくさん過ごしてほしかったのではないか。いつか恋をして、家族をつくれるように祈っていたかもしれない。少なくとも、実際の淳子のように人と交わらず、孤独に、笑うこともせずに暮らすことを望んではいなかっただろう。まして自らを「銃」として生きる、そんな人生を願ってはいなかったはずだ。

事実、淳子は完璧なほど能力を制御しつづけてきた。だから本来であれば火の力を拒否し、平凡なひとりの女性としての道を模索することもできたのである。しかし彼女には火を否定することができなかった。それならばなぜこんな危険な力を与えられたのかというおもいを払拭できずにいたからだ。自分の存在価値を信じるためには、むしろ火を愛するしかなかった。その根底には、子供の頃に力の暴発によって焼き殺してしまった同級生の男の子の記憶があった。この能力が世の中にとって有益なものであり、「正しく」かつ「使用される」ことを前提として与えられたものでなければ、淳子の存在理由が揺らいでしまう。火を愛し、「正しく」使用すること、社会に害をなす凶悪な人間を抹殺することは使命であり義務なのだと考える以外に、焼き殺した男の子への罪の意識にたえることができなかったのだろう。

平凡に生きることも、能力を捨て去ることもできない淳子は「人間」であることをやめ、「武器」として生きる道を選んだ。妹を殺され、犯人を殺したいと望んでいる多田一樹の存在は、そんな彼女にとって自分が必要とされるかもしれないという希望を託すには十分だった。恋をしたから彼を選んだのか、彼ならば必要としてくれるから選んだのかは問題ではない。なぜならそれこそが恋そのものだからだ。彼に求められたい。役に立ちたい。そばにいたい。普通、人はそんな気持ちを恋と呼ぶ。だが、多田一樹は彼女を受けとめることができなかった。扱う者のいなくなった悲しい「武器」は、もはや行き場を失い暴走をはじめた。他者から必要とされることすら期待せず、ただ標的である「悪人」を殺すことが生の唯一の目的となった。

本作「クロスファイア」は青木淳子の精神がこの地点へ到達したところから描かれる。偶然に遭遇した凶悪な少年たちとの戦闘をきっかけに殺人を重ね、次第に善悪の判断が揺らいでいく。そんななか同じ「正義の殺人」を目的とした組織・ガーディアンの一員である木戸浩一と出会い、恋におちる。浩一もまた、人を自由に操ることができるという能力を持った異能者であり、淳子にとってはじめてお互いの痛みを共有しうる相手だった。

彼の孤独を、彼の不安を、彼の寂しい渇きを、淳子は理解することができる。それは彼女の内側に、長い間、なだめられることもごまかされることも知らず、ひたすら積もることだけを強いられてきたものと、そっくり同じだから。

恋しい大切な人ができたことで、彼女はようやく人間になったと実感する。孤独な魂はいっとき癒されたかにみえた。だが、彼は淳子の存在を危険視した組織によって最初から仕向けられた殺し屋だった。――死は、孤独な魂に安息をもたらし、苦しみから解き放つ唯一の手だてなのだろうか。青木淳子は結果的に自分を殺した木戸浩一によって恋することを教えられ、ひとりの女性としての幸福も知った。「武器」としてではなく、「人間」として死ぬことができた。浩一は〈俺には心なんかない〉と淳子との恋そのものを否定するが、あるいは彼は組織の意図とは別に、はじめから彼女を救おうとしたのかもしれない。〈楽しい方がいい。だから口説いた〉のではなく、救いたい、そして自分もこの永遠の孤独から解放されたい。淳子を殺そうとすれば自分も死ぬことになることを承知で、そう願ったのではないか。

死ぬことでしか救われなかった異能者を描いた「クロスファイア」は、悲しい物語にはちがいない。だが読者は、この作品を読み終えて気づくだろう。淳子の孤独や生の在り方が他人事ではなく、実は誰にとっても切実で共通する痛みであり、ほかならぬ私の問題なのだと。生きるとはなにか。幸福とはなにか。私とはなにか。そして今度は、自分の内面へ向けて、「私」の物語を読みはじめるのである。

（日本大学芸術学部助教）

『ぼんくら』——時代ミステリーの新境地——押野武志

『ぼんくら』は、一九九六年三月号から二〇〇〇年一月号までの「小説現代」に連載され、加筆・訂正されて、二〇〇〇年四月に単行本（講談社）が刊行された。二〇〇四年四月の文庫版（講談社文庫）では、上下巻二冊になる。二〇一〇年八月には、ＰＨＰコミックス一巻としてマンガ化（ＰＨＰ研究所、作画・菊地昭夫）された。また、後に「ぼんくら」シリーズとして、『日暮らし』上下巻（講談社、04・12）、『おまえさん』上下巻（講談社、11・9）が刊行された。

『ぼんくら』は、直木賞受賞後第一作にあたる長編時代ミステリーである。江戸深川の鉄瓶長屋を舞台にした、ぼんくらな同心の井筒平四郎とその甥の弓之助が、本所元町に住む岡っ引きの政五郎（回向院の大親分、茂七の一の子分。本作では名前しか出てこないが、茂七が活躍する時代ミステリーとしては、『本所深川ふしぎ草子』『初ものがたり』などがある。）、隠密廻り同心の黒豆らの手を借りて、連続する事件の真相を究明するミステリーである。それまで何事もなかった平和な長屋に、ある夜、寝たきりの父親を持つ八百屋の兄妹の家に殺し屋が押し入り兄を殺害するという事件が起こる。この事件を皮切りに、桶職人が博打に狂って娘を売りそうになったり、豆腐屋夫婦が壺信心にのめり込んでいったりと、次々と長屋の店子たちに不幸や一騒動が起こり、順番に長屋を離れていく。ついには差配人の久兵衛までもが失踪する。

長屋の大家である大商人の湊屋総右衛門が店子をこっそりと追い出そうとしているという企みに平四郎が気づき、事件の裏には、湊屋の十七年に及ぶ遠大な計画があったことを暴いていく。ほかの宮部の時代小説同様、江戸時代の長屋の支配構造、風俗、治安維持の仕組みなど、細部まで時代考証がなされていて、作品にリアリティを与えている。たとえば、差配人とは、当時の家主に雇われている、長屋の管理人のことである。農家に売る〈下肥料〉は、差配人の収入になるため、実入りもいい。店子たちがもっとも頼りにするには、その〈差配さん〉で、久兵衛のように経験を積んだ年配者が多いのだが、久兵衛失踪後に、湊屋が寄こした新しい差配人の佐吉は、二十七歳という若さで、店子たちには歓迎されない。佐吉の抜擢も、異例に若い差配人として失敗することが期待されていたのである。

平四郎は、自分が父の跡を継ぐのが面倒で父の隠し子を探し始めてその探索の腕前を買われて、仕方なく同心をやっている。生来の怠け者で、面倒なことが嫌いで、あまり細かいことも考えたくない人物であるが、実は、人を裁くことが嫌いで、鷹揚で懐が深く、情け深い。繊細な感性と明察力をもっているが、それを決して表に出さないだけである。四十歳半ばで容貌も風采が上がらず、細い目に頬がこけて無精ひげが生え、ひょろりとした長身で猫背である。彼の細君は美貌の持ち主で、明るく機知に富んでおり、手習い所の師匠をするほどの女性であるが、二人には子どもがない。その細君の姉が藍玉屋に嫁いでもうけた十二歳になる五男の弓之助を養子にしたいと思っている。この弓之助は、誰もが振り返るような美少年で、測量に凝っていて何でも正確に目測できる。〈叔父上さまの眉毛と眉毛の間はちょうど五分ございますね〉とのっけから平四郎をぽかんとさせる。おねしょの癖があってからかわれたりするが、叔父の平四郎が関わる事件を見事に見抜いて、平四郎を助けていくのである。平四郎はこよなくこの弓之助を愛し、しかもその関係が絶妙で、二人のユーモラスな会話の中にそれがよく表されている。

この作品には、もうひとり天才的な少年が登場する。それは、母親から捨てられ、平四郎が懇意にしている政五郎夫婦に引き取られている〈おでこ〉と呼ばれる少年で、物覚えがよく二十年も三十年も昔の出来事を聞かされ、それをきちんと記憶しているという特技の持ち主である。弓之助と友だちになって事件の解決に一役買っていく。

こうしたユニークな登場人物を中心にして『ぼんくら』は、貧乏長屋の住人たちが巻き込まれた事件の真相を暴いていくというミステリー仕立てになっているのだが、その物語の構成が巧みである。『ぼんくら』の構成は、大きく分けると、プロローグ（「殺し屋」「博打うち」「通い番頭」「ひさぐ女」「拝む男」）、本章（「長い影」一〜十三）、エピローグ（「幽霊」）となっている。プロローグは、連作短編集のかたちをとっているが、本章に至ると長編小説に変わり、それまでの短編の話とつながってくる。たとえば、「殺し屋」では、兄の太助を殺したのは、殺し屋ではなく、寝たきりの父を邪魔に思う兄を妹のお露が殺したという真相が明かされる。「博打ち」では、差配人におさまった佐吉が、父親の博打の借金で身売りされそうになった娘のお律を教唆し、翌日お律が家出することで危機は回避される。前半のこの二章は、以上のように短編として自立しているように見せかけながら、本章ではそれも伏線であり、真相が別にあったことが平四郎、弓之助コンビによって明らかにされる。大きな筋立てだけでなく、たとえば、本章で、倒れたお徳を持ち上げようとした拍子に平四郎はぎっくり腰になってしまうのであるが、湊屋総右衛門と屋形船で会い、事の真相をはっきりさせる場面でも、屋根船に揺られたために平四郎の腰が重くなる。それが、結末で再び彼のぎっくり腰として現れるように、平四郎を好いているらしいお徳の純真さに対する戸惑いや総右衛門の考えに対する違和感が、平四郎の腰痛となって顕現するかのようである。

最後にミステリーの醍醐味である、どんでん返しも仕組まれている。謎の真相とは、湊屋総右衛門が意図的に、しかし人に知られることなく、店子が転居するように仕向けることで鉄瓶長屋をつぶすことにあった。なぜ湊屋がそんな意図をもったのか、そのカギは佐吉の母・葵にあったことが明らかにされる。真相をつかんだ平四郎は佐吉を不憫に思う。なぜなら、湊屋総右衛門の計略のために佐吉は母親の出奔の真実を知らされることのないまま母親に見捨てられたと信じて育ったからだ。平四郎は言う、〈俺はこういうの、好きじゃねんだよ〉と。そして、平四郎や弓之助が、殺されて鉄瓶長屋に埋められているのではないかと思っていた葵が、実は生きていたのだ。

そのほか、長屋のまとめ役でしっかり者の煮売屋のお徳、元女郎で勝気なおくめ、〈うへえ〉と驚いてばかりいて弓之助に嫉妬する中間の小平次ら、脇役たちのユーモラスで特色ある人柄や性格が丁寧に書き込まれている。また、奉公人と主人との関係や登場人物たちの淡い恋愛や片思いも見事に描かれ、人情小説としての性格も併せ持つ。

最終章「幽霊」では、謎の女性が鉄瓶長屋を訪ねてき、誰かを捜している。長屋の最後の店子で、そこを引き払おうとしていたお徳は、〈あたしはね、何者でもありませんのよ〉〈あたしは、そう――幽霊なんですよ〉と名乗るその女性の様子が気に障り、飴湯をかけて追い払う。このエピローグで初めて葵とおぼしき女性が登場するのだが、続編の『日暮らし』では、佐吉が実母の葵を殺めた疑いで捕らえられてしまうという展開が待っており、この最終章は、続編のプロローグにもなっている。平四郎と甥の弓之助のコンビが再び真相を探り始める。続編には、植木職人に戻った佐吉、佐吉の嫁となったお恵、佐吉が飼っている手紙を運ぶ烏の官九郎、湊屋のお内儀おふじ、番頭に戻った久兵衛のエピソードがさらに展開される。『おまえさん』では、記憶力抜群のおでこと三太郎を捨てた母が登場し、佐吉の生い立ちとオーバーラップする。

（北海道大学大学院教授）

『あやし〜怪〜』――戯画化された現代社会――佐薙昌大

『あやし〜怪〜』（以下『あやし』と略記）を、単なる怪談として読んでしまってはならない。

一般に怪談というと、おどろおどろしい怪異や超常現象によって読者ないしは聞く者の恐怖を喚起させる物語が想起される。その怪異や超常現象の多くが、現代の合理的理論では説明がつきにくい心霊や化物による。その意味でいえば、鬼や化物が登場する本作所収の九つの物語は、おしなべて怪談であるといえよう。

では、なぜ時代小説というかたちが採られたのか。宮部みゆきは「ロングインタビュー　まるごと宮部みゆき」（朝日新聞社文芸編集部編『まるごと宮部みゆき』朝日新聞社、02・8・1）のなかで、〈宮部―ただ私、モダンホラーって書けないんですよ。／どうしてですか？／宮部―「それは脳の中で起こっていることだから」と登場人物の誰かに言わせちゃいそうで（笑）〉と語っている。宮部の書く現代小説は、その多くが合理的理論によって支えられるミステリである。理論でも科学でも説明がつかない怪異を描くには、〈物の怪が跳梁して、夜の闇が深くて、みんなにそういう妖怪やお化けを信じていたという前提〉が必要であった。そのため、宮部怪談が時代小説という体裁を採ったことは一種の必然であったといっても過言ではない。

また同インタビューにおいて宮部は、『ドリームバスター』を例にあげ、〈「小学校何年生のときに道子は火事を見た」〉というエピソードは〈「十年前の風の強い夜、お道は火事を見た」〉という時代小説にそのまま書き換えることも可能である、自分の書く現代小説と時代（ＳＦ）小説とは常に互換性のあるものだと述べている。両者を区分しているのは文章の調子と舞台設定のみで、あくまで取り扱うテーマやモチーフなどは共通しているのだと。これは彼女の時代小説を考えるうえで重要な手がかりとなる。『あやし』が時代小説となった理由を宮部はモダンホラーが書けないからだと言ったが、それは怪異が跳梁跋扈する怪談を怪談として成立させるための手法に過ぎないのであって、物語のテーマそのものは現代小説への可能性を充分に秘めていると考えていい。

　現代における問題を時代小説という姿を借りて語ることは、一種の戯画化でもある。現代小説では直接的過ぎる事柄も、舞台を江戸へと変換することによって、その生々しさはいくぶん緩和され、読者にとってもより受け取りやすいものとなる。現代社会に跳梁するあらゆる問題を鋭くかつ多角的にとらえ、小説、それも時代ものへと塗り替えていく。本稿冒頭において、『あやし』におさめられた九つの物語を単なる怪談として読んではならないとした所以がここにある。これらは怪談でありながら、他の〈怖い話〉としての怪談とはあきらかに一線を画しているのだ。怪奇時代小説『あやし』は、怪異によって現代社会の問題を浮かび上がらせる、現代社会の戯画として読むことが可能なのである。

　本作を現代の戯画として読むためには、とりわけ鬼に着目して考えるべきであろう。日本の怪談において鬼は定番ともいうべき妖怪であるが、宮部の描く鬼は一種独特な様相を呈している。一般に鬼といえば、人に似たかたちをしていながらも、全身が赤や青で頭には二本ないし一本の短い角をもつ異形の妖怪として描かれることが多い。古くは中世の説話物語集『宇治拾遺物語』巻一（『新日本古典文学大系 42』岩波書店、90・11・20）所収の「三鬼に瘤取らるゝ事」には〈大かた、やう〳〵さま〴〵なる物ども、赤き色には青き物をき、黒き色には赤き物をたふさぎ（ふんどし―論者注）にかき、大かた、目一《ひとつ》ある物あり、口なき物など、大かた、いかにもいふべきにあらぬ物ども〉とあり、その姿は現在にいたるまで大きくは変わっていない。これほどまでにイメージが明確な妖怪もそう多くはないだろう。ただ、宮部の描く鬼はこのイメージにほとんどよらない。唯一「布団部屋」においてのみ〈大柄な彼女の姿を映して黒々と大きく、頭には二本の角が生えていた〉と既存の鬼の姿を連想させる描写がみられるだけで、それ以外においては物語や場面ごとに姿を変える変幻自在の存在として描出されている。宮部の独自性によって描き換えられた鬼は、一連の物語を読み解くうえでの重要な手がかりとなりうる。そして鬼と現代社会の問題、一見すると相反するふたつを結びつける物語こそ「安達家の鬼」なのである。

収録作のなかでもっとも分量の多い「安達家の鬼」は、その内容からしても『あやし』の軸をなす作品といって過言ではない。また他作が怪談雑誌などを中心に発表されたのに対して、「安達家の鬼」にかぎっては「新潮」臨時増刊号（99・11）を発表誌としていることも注目にあたいする。

義母のそばには鬼が棲みついていた。鬼との出会いは、義母が笹屋に嫁ぐ以前、上州屋という呉服問屋で女中奉公をしていた頃、上州屋主人と桑野を訪れた際のことであった。鬼は安達家と呼ばれる村外れの空き家に棲んでいた。安達家は昔、村に流行病が蔓延し、その伝染を阻止するために病人たちを幽閉して以来、人々のあらゆる穢れを引き受ける場所とされてきた。鬼は人々の穢れの集合体という哀しい来歴からか、見る者の心根を自身の姿に映し出す存在であった。そして義母の目には、気弱そうな痩せこけた若い男の姿として映ったのだった。

異形の妖怪でないとはいえ村の人々に忌み嫌われる存在であった鬼は、安達家に蓄積された数々の穢れによって生み出された。「安達家の鬼」に現代社会の問題をみるとき、それは安達家という場所そのものにあらわれていると言っていい。村にとって安達家は穢れを引き受けてくれるありがたい場所だととらえられるが、それは裏を返せば隔離や排除といった共同体における負の要素の外部化にほかならない。老人や病人、罪人は、穢れという大義名分のもと安達家へと外部化されることで、人々の視野から疎外され忘れ去られる。現代においても同様のことが指摘できよう。かつては家のなかで行われていた治療や人の生死のいとなみは、多くが病院という外部機関へと移行され、また家庭内で手に負えないと判断された老人は、老人ホームやデイサービスへと追いやられる。罪人はむろん刑務所に収容されるが、その後のことに目を向ける人は決して多くない。戦後の経済成長が押し進めた核家族化や個人主義化の帰趨がここにある。日々深刻さを増すそれらの問題を、宮部は鋭く見抜き、抉り出し、小説というかたちで世の中に訴えているのだ。

「あたしから見たら、あんたたちの方がよっぽど恐ろしい。病人だの年寄りだの罪人だのを、みんな安達家に押っつけて、押し込めて、自分たちとは関わりありませんという顔をして、平気で暮らしている。あの〝鬼〟はあんたたちが吐き出したものを全部吸い取って背負ってくれているのに、それを有り難いとも思わずに遠ざけようとしてる。それほどにあんたたちはきれいなのかい？　それほどにあんたたちは正しいのかい？」（「安達家の鬼」）

穢れから生まれた鬼は、いわば追いやられた者たちの悲哀が示現した姿であった。だから鬼は安達家の哀しみと、追いやる者のあさましさとを自身の姿に映しつづけたのだ。実際に安達家に住まい、鬼の哀しみをいち早く察知した義母の叫びは、安達家へ追いやることの真意から目をそむけようとする村人への違和感であり、鬼の声なき声を代弁する擬声だったのである。そしてそれは同時に物語という枠を超え、現代社会における問題を照射する。決まった姿をもたない鬼は、見る者、つまり読者の心根をも映し出す鏡といえるだろう。

現代社会の問題が巧みに戯画化されている『あやし』は、まるで鬼のように読者の心根を映し出す。この物語にふれてもっとも〈あやし〉く感じられるのは、自らの心であるかもしれない。

（大阪女子高等学校教諭）

『模倣犯』——大野祐子

『模倣犯』は、「週刊ポスト」に一九九五年から五年間にわたって連載され、加筆改稿を経て、二〇〇一年四月に小学館から上下巻の単行本として刊行、その後、二〇〇五年一一月から五分冊で新潮文庫に収められた長編作品であり、三部七八章から成る。第五五回毎日出版文化賞特別賞、二〇〇二年芸術選奨文部科学大臣賞（文学部門）を受賞し、質、量ともに宮部みゆきの代表作の一つと位置付けられる。

物語は、ピースとヒロミという二人によって引き起こされた未曾有の連続誘拐殺人事件を、被害者家族、警察関係者やマスコミ、さらには加害者の立場から、時に過去と現在を交錯させて多角的に描き出している。第一部では、大川公園に捨てられた女性の右腕とハンドバッグの発見という犯人によって周到に用意された事件の幕開けから、犯人と目されるヒロミこと栗橋浩美と高井和明の二人が交通事故で死亡するまでが、重苦しく、不気味な雰囲気を漂わせながら展開される。第二部では、ヒロミの家庭環境や精神状態、実は濡れ衣を着せられて事故死した高井和明の生い立ちやその家族のこと、小学四年生の時に転校生として二人の前に現われたピースとの関係、そして、常軌を逸した精神状態に陥ったヒロミが初めて人を殺した経緯などが、主にヒロミの視点を中心に語り出される。第一部は、被害者家族の受け身の立場からだった事件の顛末が、第二部では加害者側から描かれ、その裏ではピースが巧みに糸を引いていることが明らかになる。第三部では、無罪を主張するカズの妹由美子を擁護する立場に立ったピースが、〈真犯人は別にいる〉と大胆にもマスコミに登場し、華々しい脚光を浴びるが、第一部においてすでに〈おしゃべりな犯人は、しゃべらせた方がいい。そのうちきっとボロを出す〉という伏線が張られていた通りに、最終的には自ら暴露する形で逮捕される。

大部な作品にもかかわらず、一気に読み終えたという読者が少なくないのは、物語の序盤に提示された〈突然壊される日常〉〈リアルタイムの衝撃〉という二つのキーワードをそのまま実践していく形で物語が進行しているからであろう。前者は、平凡ながら平和な日常が、いつ、誰に、何によって破壊されるかわからないという不安をかき立て、災いは、いつでも、誰の身にも起こりうる可能性を読者に意識させる。後者については、テレビという媒体が極めて重要な役割を果たしている。〈姿は見えないが、全国に存在する視聴者〉に、即座に大量の情報を伝達できる機能を存分に生かして、ストーリー展開にリアルタイムのスピード感を持たせ、ついには真犯人が暴露される瞬間まで映し出す。

〈模倣犯〉というタイトルは、ルポライターの前畑滋子が真犯人であるピースに一矢報いようと、特番の生放送中に罠を仕掛けた時、その正体を暴くために逆説的に用いられた。〈あんたたちの平凡で地味な人生に思いがけないスポットを当ててあげたんだ〉という身勝手な考え方を持ち、自らの犯罪を〈創造的行為〉と見なしてその独創性を重んじているピースにとって、これ以上屈辱的な言葉はなかった。一方で、〈事件熱が上がれば、それに浮かされて、類似の犯行に走る男どもが現われる。同じような犯罪の芽はいたるところに存在しているのだから〉という、模倣犯の出現を危惧する記述にも用いられる。『模倣犯』が「週刊ポスト」誌上に連載され始めてから、もうすぐ二十年が過ぎようとしている今日、物語中で重要な情報をもたらすきっかけとなったインターネットは、社会において必要不可欠なツールとして君臨し、それに関連した犯罪は後を絶たず、これからも増加の一途を辿ることは明白である。社会の暗闇にはいつでも模倣犯たちが潜んでおり、〈突然壊される日常〉は、一層のリアリティを持つ。そのようにみれば、このタイトルは現実世界への警鐘ともなろう。

物語には、様々な立場の登場人物が数多く配されるが、一際印象的で存在感を放つのが、被害者家族の一人、有馬義男である。下町の商店街で地に足をつけてひたすら豆腐屋を営んできた老人にとって、目に入れても痛くない孫娘古川鞠子が、凶悪な事件に巻き込まれて無惨に殺されたことは、たとえようもない悲劇であった。しかし、気骨あるこの老人は、犯人に愚弄されても現実から目をそらさずに、〈何ひとつ元には戻らない〉ことは承知の上で、〈大切なのは結果じゃないんだ〉〈そこまで行くあいだのことが大切なんだ〉と言い、そのための〈悪あがき〉がしたい、それを見ていてほしいと塚田真一に語りかける。塚田は、事件の発端となった右腕の第一発見者であり、別の事件で家族を殺害され、ただ一人生き残るという過酷な運命を背負うことになった高校生である。自分の不用意な発言が、結果的に家族を死に追いやってしまったと深い自責の念に苛まれる塚田少年は、有馬老人と出会うことで、傷つきながらも、やがて立ち上がり、歩いていこうとする。真犯人逮捕の後、事件の発端となった大川公園で身も世もなく泥酔しながら〈鞠子はもう帰ってこない〉と泣き叫ぶ有馬老人の姿が切々と描かれる。その悲歎は計り知れないが、かつて自分がそうされたように、少年が老人をしっかりと抱きかかえる場面は、突然日常を破壊された二人の身の上に、せめてもの救いを感じさせる。

有馬老人は、テレビ局に立て籠もったピースが電話を掛けてきた時、こう一喝する。〈どうあがいたって、どんな偉そうな理屈をこねたって、あんただって一人の人間に過ぎん。歪んで、壊れて、大人になるまでに大事なものを何ひとつ摑むことができなかった哀れな人間に過ぎんよ〉〈世間を舐めるんじゃねえよ。世の中を甘く見るんじゃやねえ。あんたにはそれを教えてくれる大人がいなかったんだな。ガキのころに、しっかりとそれをたた

き込んでくれる大人がいなかったんだな。だからこんなふうになっちまったんだ。この、人でなしの人殺しめ〉

犯人の一人であるヒロミには、生後一カ月で死亡した姉「弘美」がおり、事あるごとに母親から比較され、精神的に虐げられていた過去から、いかに〈歪んで、壊れ〉ていったかが、本人の視点を通して詳述される。ピースに関しては、彼の素性に疑問を抱いた前畑滋子によって間接的に明らかにされるだけだが、そこから浮かび上がる家庭環境には、ピースに世の中のことを〈たたき込んでくれる大人〉は存在し得ず、有馬老人の叱責は正鵠を射ていた。ピースは、誰からも愛されるニコニコ顔が、ピースマークにそっくりだから「ピース」というあだ名をつけられたとあるが、それは大人の顔色を窺いながら育ち、共犯のヒロミにさえ嘘をつきまくって〈ただの駒〉としてしか扱わなかったピースが、処世のために身につけた偽りの仮面であった。

破綻した家庭環境や精神的な虐待が、二人の人格形成に暗い影を落とし、凶悪な事件を起こす遠因となったと捉えることができるが、誘拐され殺されていった女性たちの多くもまた、両親が不和であったり、物質的には裕福でも精神的には不安定な家庭に育ったという設定である。有馬義男の孫娘古川鞠子も両親は別居中であり、事件の発端となった大川公園で発見された右腕の持ち主も、家出した自分の行方など両親は探そうと思わないだろうと語っていた。ヒロミが初めてその手で殺した岸田明美や嘉浦舞衣も、押し並べて家庭に問題を抱えていた。

最後の場面で、いまはもう寂れた有馬豆腐店の前を通った幼い娘を連れた若い母親は、老人の身に降りかかった悲劇に思いを致し、〈この子だけは守りたい。何があっても、どんな不幸からでも、この子だけは守ってみせる。必ず守ってみせるから、神様、その力をあたしにくださいね〉と祈る。物語に描かれた被害者と加害者の不運な家庭環境に、有馬老人の弁を重ねて考えるならば、社会を構成する基本単位である家族のつながりが、どんなに大切であるかを示唆し、その重要性が浮き彫りになる構造を読み取ることができるだろう。（東洋大学非常勤講師）

『R.P.G.』――深沢恵美

宮部みゆき初の文庫書き下しの作品で、二〇〇一年八月二十五日に集英社より刊行。後に、NHK[1]でドラマ化された。建築中の一軒家で殺人事件が起こる。被害者の所田良介は全身に二十四ヵ所もの傷を負い刺殺されていた。警察は所田良介がネット上で「お父さん」と名乗り、家族ごっこをしていた痕跡を見つける。そして、武上刑事らはある仮説のもと、所田良介の娘・一美がマジックミラー越しに控える中、所田良介のネット上の家族「カズミ」、「ミノル」、「お母さん」の取り調べをし、真犯人に辿り着く。物語は一美と警察の動向を中心に進行するが、展開される場面が限定されており、ミステリー戯曲に近いスタイルをとっている。

警察の合同調査の過程で、「武上悦郎」刑事が『模倣犯』から、また「石津ちか子」刑事が『クロスファイア』から登場をしている。しかし『模倣犯』、『クロスファイア』と、この『R.P.G.』の内容が深く関連しているわけではない。実際宮部自身[2]、世界観の異なる作品の登場人物の競演に若干の違和感を覚えるも、作中の役割(刑事であると同時に、短時間ながら、取調室での父親・母親的な役割)の必要性から、この二名が適役と考え再登場にふみきっている。

この作品について清水義範[3]は、「この小説を読んでいて思い出したのは、アガサ・クリスティーの小説にある、ミステリーとしてのうまさと、語り口の品のよさです。」とクリスティーに似たものを感じたと評し、アガサ・

クリスティーを尊敬する宮部を喜ばせている。また、結末を知ってから読むと面白みが損なわれるという観点から、ヒッチコックの映画『サイコ』のようであるとも表現している。

インターネットが社会に浸透をしてどのくらいの時が経つのだろうか……。ネットは繁栄をし、蔓延をし、人々の生活に密着し、利便性を与えている。そして便利になればなるほど人間の欲求には拍車がかかり、限度はなくなる。結果として、暴走した欲求は他人を傷つけ、時として事件に発展してしまう。所田良介は現実の家族とは別に、ネット上で〈赤の他人とオママゴトをやって〉いた。実生活で居場所が無かった「カズミ」の書き込みに対し、所田良介が「お父さん」として返信したことから家族ごっこは始まる。「カズミ」は所田良介について〈ずっと欲しかったタイプのお父さん〉で、〈悩み事を聞いてくれる、真摯に相談に乗ってくれる、物わかりがよくて優しく、娘の幸せをいちばんに考えていると、言葉に出して美しく表現してくれる〝お父さん〟ができた〉ことに満足を覚えていた。それは〈「あたしたち、みんな寂しいの。現実の生活のなかじゃ、どうやっても本当の自分をわかってもらうことができなくて、自分でも本当の自分がどこにいるかわかんなくなっちゃって、孤独なのよ。心のつながりが欲しい。」〉という思いを抱えていたからである。ネット上には〈そこでしか得られないものがあった〉り、些細な夢を不完全な形ながらも叶えることができるため「ミノル」や「お母さん」も家族として加わってくる。孤独感や寂しさから逃れた先に、ネット上の疑似家族ができあがったのだ。現在、SNS、ミクシー、ライン、フェイスブックなど、ネット上で誰かと繋がっている人は多い。そして「カズミ」のような孤独感や寂しさを抱えて画面に向かい、自分が誰かと繋がれていることに安心をすることがある。実際、距離とは全く関係なく、ネットは人と人を繋いでいる。そこで繋がっている安心感と匿名性から、自分の内心をいとも簡単に吐露してしまう。もし、自分の都合が悪くなればいつでもログアウトし、関係を遮断する。ネット上では、自分の欲求にあわせた人間関係だけを築いているのである。武上刑事が〈今はそれが流行なのか。自分、自分、自分。誰もがなりふりかまわず本当の自分を探しているご時世だ。探すまでもなく、すでに自分を持っていると自負する者が、それをまっとうするために手段を選ばず、まわりの者の心情を省みることもないのは、仕方がないことなのか。〉と悲嘆する件がある。しかし、自分探しの人間も、自分を持っている人間もネット上に求めているのは、自分を認めてくれる誰かであり、それは自分にとって都合がよい誰かなのである。あくまでも、自分が望むカタチを〝与えてくれる〟誰かが必要なのであって、自分が誰かに〝与える〟のではない。ネット上で人との繋がり、絆を求めていながら、実際は一方通行の繋がりでしかないのだ。

タイトルの『R．P．G．』とはロール・プレーイングの略で、役割演習することである。この物語では、所田良介が作ったネット上の疑似家族と、事件解決のために警察が取調室で行った疑似家族の、二つの疑似家族が登場する。対する、本当の家族である所田家（良介・春恵・一美の三人家族）は、良介の刺殺により崩壊してしまう。本当の家族は決して「ごっこ」ではない。しかし、家族という枠組みの中で生活をしていると、家族の一員としての役割を担うことがある。また、日常的に、親や子という役割を背負い、家族を構築していることもある。そして、自分以外の家族に対し、役割に相応しい行動や感情を求めてしまう。けれど、現実の家族は綺麗ごとばかりではなく思い通りにならないことのほうが少なくない。自分中心の人間関係を望む所田良介と、その親から離れようとする一美は互いに相手に満足をしていなかった。その結果、親子間の溝の埋め方を間違った親に激高した娘は間違った行動に出てしまう。「父」と「娘」いう枠、役割から自然に派生するであろう強い感情が家族を崩壊に導いてしまったのである。所田家崩壊の事実についてちか子が〈親子にも相性があり、人間的に相容れなければ、血の絆も呪縛になるだけだということだ。時間さえあれば、その呪縛を飼い慣らし、適当な距離を計り合い、互いを傷つけることなく暮してゆくこともできたかもしれない。〉と分析をする。しかし、家族であるが故に、互いに距離をとることができず、役割を上手く演じきることができなかったのかもしれない。

事件解決後、警察にモンシロチョウが飛んでくる。〈取調室の床いっぱいに落ちた、無数の羽根のような感情の残滓。一美の掌から舞いあがった心の断片。嘘と真実。武上の目の裏で、そのイメージが、頼りない蝶の羽ばたきと重なった。寄る辺なく孤独で、真っ白で。〉その後、徳永刑事が部分的に西條八十の詩『蝶』(4)を諳んじ、物語は幕を閉じる。引用された『蝶』の「蒼白め破れた蝶の死骸」とは、蝶の羽はもろくてすぐに破けてしまうことから、追いかけても手に入らない、捕まえたらすぐに壊れてしまう、儚いものを象徴している。そしてそれは、「一美」が自ら失ってしまった大切なものなのである。

(埼玉県立坂戸西高等学校教諭)

注1　単独ドラマとして二〇〇三年七月二十六日に放送。「所田一美」を元「モーニング娘。」の後藤真紀、「武上悦郎」を伊藤四朗、「石津ちか子」を風吹ジュンが演じた。
2　宮部自身があとがきで述べている。
3　巻末の解説による。宮部の希望から司馬遼太郎をパスティーシュした文面で書かれている。
4　詩集『美しき喪失』(昭和四年八月刊行)に収録。「蝶」／やがて地獄へ下るとき、／そこに待つ父母や／友人に私は何を持つて行かう。／たぶん私は懐から／蒼白め、破れた／蝶の死骸をとり出すだらう。／さうして渡しながら言ふだらう。／一生を／子供のやうに、さみしく／これを追つてゐました、と。

「あかんべえ」──反感と共感の間の色彩──

竹内直人

宮部みゆき「あかんべえ」は『歴史街道』（ＰＨＰ研究所）に一九九八年五月号から二〇〇一年九月号まで連載された。「本所深川ふしぎ草紙」（91・3）からスタートし、「かまいたち」（92・1）、「幻色江戸ごよみ」（94・7）、「初ものがたり」（95・7）、「堪忍箱」（96・10）と続くいわゆる歴史物である。「本所深川相生町一ッ目橋そばの高田屋は、主人七兵衛が包丁の腕一本で興し、大きくしてきた賄い屋である」と書き出されるこの小説に与えられた「あかんべえ」というタイトルに「七兵衛」とくると、にわか和尚の「あかんべえ」を「三尊の弥陀は目の下にあり」という仏語と捉えた落語「蒟蒻問答」の派生物語ともとれるが、いずれにせよ、こうした書き出しで始まるこの物語は、「深川ふね屋」に存在する五人の亡者たちのこの世にさまよえる理由を解き明かし、成仏させようと、娘おりんが奔走することがストーリーの中心である。亡者が、自分がここにいるということを感じるのは、生きた者たちが近くにいて存在に気づいたときだけであり、いつでも感じられるわけではない。そして、なぜこの世にこの場にさまよっているのかさえ分からない。そして生きた者もまた亡者の存在に気づくとは限らない。いわば、生きている者と亡者双方の条件がそろった場合のみ出会えるのである。物語が進むにつれ、その条件が次第に明らかになってくる。それは「お化けとその人間とのあいだに、似たようなものがある場合──それぞれに、似たような気持ちのしこりを抱えている場合」である。反感ばかりではなく、共通点であり、共感を覚えることが出来るからである。

おりんだけがなぜかこの家にまとわりつく亡者全員を見ることが出来る。物語の終焉に当たり、孫兵衛の「おりんちゃん、あんたがあんたとは何の関わりもないお化けの姿をぞろりと見るようになってしまったのは、一度三途の河原に来たせいだよ。そしてこの孫兵衛さんに会っちまったから興願寺に関わるお化けが、みんなみんな、あんたには見えた」と言われ、それが最後まで解けなかった謎の理由であると知り、おりんはぽかんとしている。そうした物理的な理由以上に心の交流することが出来る条件を持ち合わせていたことにおりんは気づいているのである。

心のつながり、そして通い合いは物語の各所に現れる。例えば、おみつの手鏡の中をのぞき込んだおりんがお梅の夢の中に引きずり込まれる場面。

やがてぷっくりと満月になると、今度は逆に痩せ始めた。それにつれて光も細って弱くなってゆく。見る間に月は瞼を閉じるように夜空のなかに姿を隠し、あたりには真の闇が訪れた。と、呼吸ひとつする間もなく、再び白く細い月の縁が夜空に姿を現した。さっきと同じように膨らんでゆく。月が満ち欠けを繰り返すのを見守るうちに、おりんは気づいた。これは、時が経ってゆくということを意味しているのだと。井戸の底に落とされたまま、おりんの頭上で月日が経過しているのだ。

と、時の経過を実感として持ち合わせる。これは勿論、お梅の記憶と同調しておりんが見る夢である。また、弟に殺され、妻を奪われたと思い込んで亡者となった銀次の悲しみ——妻に裏切られた悲しみ——をもおりんは自分の胸を刺しえぐるように感じる。また、おりんだけに限らない。事が露見したのち、おゆうは銀次の「あたしは——嫌だ」言う。これはおどろ髪が「おうれは、いやら」という言葉と響き合う。そして銀次の首を切るおゆうは「青眼の構え」（真正面から相手に向き合う構え）であり、この見据えた相手銀次と自分は同じ身の落としそうになっていた。おどろ髪の目は「ずっと優しかった目の色に、ひどく悲し気な、何かを頼むような色が混じ」り、自分を切るようにおゆうに語る。

これら心の交流の一形態としてお梅の「あかんべえ」はある。おりんは高熱のため目の前に霧がかかっているように思える中、お梅が自分に向かってあかんべえをしているのに気づく。おりんは「見覚えのない顔だ。あかんべえなんかして白目を出しているからホントの顔はよく分からないけれど」と思う。つまり、おりんは「あかんべえ」の行為と共に「白目」の印象を強く持つ。「白目」は、冷たい、悪意のこもった目つきを言う。一方、「黒目」は「私の目の黒いうちは……」などと言う言葉にあるように正気な状態を表す言葉である。しかし、正気はまた裏に隠された感情をも秘めていられる状態でもあるのだが。お梅は興願寺の住職である父が仏に対する不信を覚えたことから井戸に閉じ込められて殺され、同じ孤児という境遇であるおりんが父母に愛されているという不条理に怒り、嫉妬、反発を感じ、その心の表現として「あかんべえ」をしているのである。

「あかんべえ」は『日本国語大辞典』によると、「あかんべい」の項に「「赤目《あかめ》」の変化した語。指先で下まぶたを下方に押さえてまぶたの裏の赤い部分を出して見せること。また、そのしぐさ。主として子どもが軽蔑《けいべつ》や拒否の気持を表わすしぐさ。」とある。つまり、「あかんべえ」は、相手に向かって下まぶたを引き下げ、赤い部分を出して侮蔑の意をあらわす身体表現であり、「赤目」の変化した語である。まぶたの裏を見せる、これはまさに自分の赤裸々な思いを相手に表すことに成るわけである。非常に子供らしい、赤裸々な、あからさまな感情の表出方法である。それはうそいつわりのない心を表す「赤心」にも通じる。そして「あかんべえ」は、生き生きとした色を有する。それは、赤——血。亡者には似つかわしくない。それも流れ出た血ではなく、そこに息づく血の色。

「あっかんべえ！」／舌を出して、大声でそう言った。／「あたしはおりんなんか大嫌いだ！　だい、だい、大っ嫌いだぁ！」／おりんは突っ立ったままポロポロ泣いた。「あんたなんか捨て子のくせに。ずっとお父とお母がいたじゃないか。どうしてあんたはお父とお母に大事にされて、どうしてあたしはお父に殺められて、井戸にいなくちゃならなかった？」／ああ、そのとおりだ。どうしてそんなことが起こるのだろう。どうして幼くして死ぬ子がいるのだろう。どうして人殺しがあるのだろう。どうしてそれを、仏さまはお許しになるのだろう。／「おりん、ついてくるなぁ！」お梅は声を嗄らして叫んだ。「大っ嫌いなおりん、おまえは生きてるんだから！」／そうだ。おりんは生きている。生かされている。今まで、ずっと。これからも、ずっと。

この「あかんべえ」は先に挙げた「白目」の「あかんべえ」とは異なる、まさに「赤心」である。その「赤心」はおりんに伝わり、孤児であったという事実を受け入れ、その上で自らの生を再認識する。

冒頭に確認したとおり、この物語は「本所相生町」からスタートする。そして、のれん分けとして料理屋を開くに当たり、多恵の「まるでこの店は、舟みたいね。掘割の上にぽかんと浮かんで、鴨や川鵜と一緒になって。」の一言で「ふね屋」として開業するという太一郎の決心がつく。いわば「ふね」という《比喩》の中に共感も反感もまたお互いを引き合わせる「相生」――共生・継承の物語がある。それは人と亡者、亡者と亡者、そして人と人。七兵衛の生活の「洗い張り」から「仕立て直し」から、火事で両親を亡くした孤児である太一郎へ、そして孤児であるおりんはまた孤児であるヒネ勝と心を通わせていくことになるだろう予感をもってこの物語は終わるのである。

（清和大学短期大学部専任講師）

『ブレイブ・ストーリー』──「心の闇」に迫るファンタジー──

岡野幸江

無類のゲーム好きとして知られ、特にＲＰＧ（ロールプレーイングゲーム）が好きだという宮部みゆきが、「ゲームで親しんできたファンタジーの世界を、小説にしてみたい」と思い、自分自身が「ゲームをするような感覚で」書いた（「BOOK WONDER LAND　著者に聞け！　宮部みゆき氏」、『週刊ポスト』二〇〇三年四月二五日）というのがこの『ブレイブ・ストーリー』である。初出は学芸通信社の配信により九九年一一月から〇一年二月まで、『大分合同新聞』をはじめ八つの地方紙に連載され、〇三年三月、角川書店から上下巻で刊行された。

三谷亘は小学校の五年生。建設がストップしたままで幽霊が出ると噂のある大松ビルの途切れた階段の上に不思議な扉を見つける。ある日、亘（ワタル）は、そのビルで芦川美鶴が上級生に痛めつけられているところを助けたことから、美鶴（ミツル）から一〇年に一度開くというその「要御扉《かなめのみとびら》」の向こうに広がる幻界の話を聞くことになる。そこには「運命の塔」があり、人間の運命を司る女神が住んでいて、たどり着いた者の願いを叶えてくれるという。亘は、父がかつての恋人とともに生きることを決意して家を出、母が亘を道連れにガス自殺を図ったその夜、美鶴の声で目覚め、家族を取り戻すため運命の塔に向かうことを決意する。幻界へ行った亘は、ラウ導師から五つの宝玉がそろったとき女神の神殿への道が開けるという勇者の剣を授かり出発する。

幻界は南大陸と北大陸に別れ、南は人間のアンカ族をはじめトカゲの姿をした水人族、ネコの姿をしたネ族、鳥の姿をしたカルラ族など様々な種族が共存して暮らす平和な連合国家であるが、北は女神を否定し老神教を絶対化した統一帝国でアンカ族以外は差別迫害されていた。ワタルは水人族のキ・キーマ、ネ族のミーナと知り合い旅をするが、彼の前には強力な魔法を操る魔導士ミツルが運命の塔を目指していた。ミツルは、母の不倫が原因で父が母と妹を殺し自殺した不幸な過去を持ち、幼い妹だけでも現世に呼び戻したいと願う少年だった。

構成は約四分の一が第一部で、現実世界である「現世」が、四分の三が第二部で非現実の世界「幻界」での出来事が描かれている。現世の部分が長すぎるという評もあるが、それが異世界への旅の動機付けとなりリアリティーを生んでいるのも確かだ。これをアニメ化した『ブレイブ ストーリー』（千明孝一監督）が二〇〇六年に公開され、同年夏のアニメ映画「ゲド戦記」「時をかける少女」とともに注目を浴びた。映画は自立した作品である以上原作とは別物なのは当然だが、時間的制約とファミリー向けというコンセプトから原作の意図は汲みながら重たい部分は抑えられ（「インタビュー　千明孝一氏」、『キネマ旬報』二〇〇六年八月上旬）、現世の複雑な人間関係、幻界の構造や歴史的背景などもかなりそぎ落とされて、様々な困難を乗り越えていく勇気と友情の勝利に焦点化され、監督が重視した「安心感」の持てる内容となっている。

しかしやはりこの作品の面白さは、アニメでは割愛された部分も含め発信される多様なメッセージ性にある。もちろんメインテーマは、自分の目的のためには手段を選ばないミツルのような閉じられた生と、人々との絆を重んじ共に生きるために闘おうとするワタルのような生の対立と葛藤を軸にし、結局、誰もが心に抱えているその闇と向き合うことの大切さにあるといえよう。終盤の「嘆きの沼」でのワタルの試練は、憎しみの化身である自身の「分身（ダブル）」との壮絶な戦いだったが、ワタルはその「分かたれし魂」の刃を受け入れることで再生する。しかし強大な魔力を自在に操って「多くのヒトを傷つけ、町を破戒し、嘆きを生み」、終には「常闇の鏡」

の封印を解いたミツルは、「分身」と戦って破滅する。「僕には仲間たちがいてくれた。僕の道を照らす光に守られていた。／だけどミツルは一人だったね。独りぼっちの旅だったね」とワタルが言ったように、ミツルは自身を絶対化しその過ちを正す者もいない孤独な存在だった。だがそれは実はもう一人のワタルでもあったのだ。

ミツルは容姿、学力、魔導士としての力すべてにおいてワタルより優れ、運命の塔に先にたどり着いた勝者だが、自分の魔力で身を滅ぼす。これは失われた一〇年といわれる九〇年代以降顕著になってきた、「勝ち組」「負け組」という言葉に象徴されるような激烈な競争原理に支えられた新自由主義的な社会システムへの痛烈な批判にもなっているのではないか。実際、その後現れた新自由主義の申し子とも言うべきＩＴ産業の若手社長や金儲けがなぜ悪いと嘯いたファンドマネージャーらの栄光と転落などがその姿に重なって見えるのも確かだ。

また、この物語でワタルやミツルが運命を変えたいという直接の原因となっているのは、『理由』（九六〜九七年）でも抉りだされた家族の問題である。子どもにとって家族は絶対的なものだが、近年日本で起きている殺人事件のうち家庭内殺人の比率が高いのも事実で、そうした家族の抱える闇は深く最大の犠牲者は被害者にも加害者にもなりうる子どもたちだろう。ワタルの願いは父を取り戻すことだったが、幻界で父と理香子を殺してしまい、結局、現世でも父は帰ってこない。ここでは「憎しみ」からは何も生まれず、不条理を抱え込みつつも運命は自ら切り開かなければならないこと、そしてほんとうに大切なものは何かを問いかけているといえよう。

さらにいえば、この物語のなかの幻界が「人間の想像力のエネルギーが創り出した場所」であり、いわば現実世界の縮図であるというのも面白い。南大陸は四つの国と一つの自治州からなる連合国家、北大陸は三〇〇年前に老神の一族によって統合された帝国で、自然環境も厳しくアンカ族の迫害によって非アンカ族の南への流出も少なくない。この南北大陸の状況は朝鮮半島の現状を想起させるし、その人種差別と離間政策は南アフリカのアパルトヘイトをイメージ化している。そして「平和と繁栄、富と力はひとつの血のもとにこそ訪れる」として多種族迫害を続けてきたアンカ族の内部でも、同族同士迫害を繰り返すようになったという血の論理の虚妄が語られる。この他、自然とともにある幻界に現世から機械的な動力の設計図が持ち込まれ、それが新たな脅威を生むという、今日改めて問い直されている文明化とは何かという課題など実に多様な問題が投げかけられている。

物語の最後、〝負なるもの〟の化身は、「現世をくつがえしてしまえ」とワタルに迫る。この試練に打ち勝ったワタルに運命の女神は問う。「争いは続くでしょう。他種族差別を根絶することも難しいことでしょう。それでもあなたは幻界のヒトびとのために、現世での自分の運命を変えることのできる唯一の好機を譲ってやろうというのですか?」と。この作品の連載が始まった九九年は、新たな千年紀の始まりを前にコンピューターの二〇〇〇年問題が人々に世紀末の不安をかきたてていた。そして連載が終了した半年後、〇一年九月一一日、戦争の世紀二〇世紀への訣別の声も虚しく、テロリズムとそれへの報復という新たな憎しみの対立が世界を震撼させ、その後も世界各地で戦争や紛争は絶えない。

宮部みゆきは誰もが抱く心の闇を拡大してみせるといわれるように、この物語でも幻界という人間の心の内奥に潜入し、その愚かさやおぞましさを抉り出しているが、それを乗り越えていく人間の力をも示し未来を見つめさせる。宮部は『模倣犯』（九五～九九年）以降ファンタジーでしか語られない勇気や生の歓喜に目を転じたが、それはブームと歩調をあわせファンタジーを書いてきた彼女が、時代の空気、時代の人々の要求を鋭く感じ取っていたからだといわれる（池上冬樹「『現代』と斬り結ぶ物語作家」、『まるごと宮部みゆき』朝日新聞社、二〇〇二年八月）。まさに時代を見通す透徹した眼差し、それを宮部みゆきのファンタジーは感じさせてくれる。

（法政大学講師）

「作家の死」を遠く離れて——宮部みゆきの『誰か』を読む——

李 哲権

バルトが「作家の死」を宣告してからすでに数十年の年月が流れている。その数十年とともに彼の死はもう忘れ去られているかもしれない。パリの市内を自転車に乗って走っている最中に、車にひかれて死んだというショッキングなニュースをいまだ記憶している人は案外少ないかもしれない。

しかし、彼の叫んだ「作家の死」はツァラツストラの「神の死」と同様に、文学の営みがいまだ衰えを見せていない俗世間の巷では人口に膾炙したものとして長寿を満喫している。フーコーの「人間の死」が主体（＝理性と意志と計画の持ち主）としての「人間の死」を意味するものであるとすれば、バルトの「作家の死」はそのような人間主体としての「作家の死」であるはずだ。この死によって、文学作品という孤児の親権をめぐる争いは、読者の勝訴で幕を閉じたかにみえた。しかし、事実はそうではなかった。作家は死んでいなかった。少なくともミステリーの作家は一度も死んだことがない。たとえ、探偵も刑事も登場しなければ、殺人鬼も悪人も凶器も登場しない物語であっても、それがミステリーである以上は、読者はその読書行為において、一時でも気を抜くことはできない。テクスト空間を埋め尽くしている一行、一文、一語にも野生の嗅覚を生かして、エサを探す犬のようにクンクンと鼻を鳴らし、全神経を集中させながら、詮索の目を光らせなければならない。それでも一行、一文、一語は沈黙を守ったまま、何も教えてくれない。そのために、読書行為は意味産出の過程ではなく、いつまでも意味の到来を夢みる潜勢性としての宙吊り、待機となる。ミステリーは、読者にこのような宙吊りと待機を緩むことを知らない緊張感を持って、テクストの最後の一行を読み終わるまで維持していくように強要する。ミステリーには死を知らない作家がいる。そして探偵になる運命を強いられた読者がいる。いな、強いられた運命を背負う読者ではない。みずから好んでそのような運命を背負う読者である。

宮部みゆきの『誰か』は、二〇〇三年十一月、実業之日本社から上梓されたものである。この作品は、バルトとまったく同じ事故死をした梶田信夫の事件を、今多コンツェルン広報室の杉村三郎が調べるところから始まっている。その依頼を彼にしてきたのは、死者梶田の二人の娘、姉の聡美と妹の梨子である。父について本を書きたいというのが依頼の内容であった。杉村は二人の純真な気持ちを受け入れ、調査に着手する。彼は初日、自転車に乗って事件現場近くを訪れている。自転車は、探偵に似合わない乗り物である。それでも、彼には自転車に乗らなければならない使命がある。そのような使命に命令を出したのは、彼の上司でもない。『誰か』の根底をなす構造が強いる使命であり、必然である。

杉村は、最初から風を切って自転車を駆る人物として作品に登場する。そのような彼には「程よい勾配で、滑らかな半円を描く」橋の輪郭を「美しい女性の曲線を愛でるように」目でなぞる繊細で高尚な趣味がある。彼は探偵であるよりも、むしろロマンティックな審美眼を持った文学青年のような存在である。『誰か』が私たち読者に与える杉村の最初のイメージはそのようなものである。梶田の娘たちが亡き父について本を書きたいという相談を、ちゃんとした出版社の編集者ではなく、一会社の広報室の職員に依頼するという設定の可能性も、杉村にこのような高尚な趣味があったからである。『誰か』が他のミステリー作品のように作為の痕跡を留めた角張ったところがなく、読む者にソフトなイメージ、普段着のような印象を与えるのに成功しているのも、登場人物にミステリー作品に相応しくないと思われがちなこのような人格、趣味を組み込んでいるからである。

『誰か』には、このような人物設定以外にも、作家戦略としてミステリー作品に相応しくないものがある。その最たるものが自転車である。探偵も刑事も登場しない作品に、凶器としてピストルも包丁も登場しないのは当たり前といえば当たり前である。しかし、自転車がピストルや包丁に代表される殺人のための道具としての役割を担い、探偵ならぬ杉村を運ぶ交通手段としての役割を果たす。杉村が初めて事件現場に訪れた日、彼をそこまで運んできたのは自転車である。そして梶田を死に追いやったのも自転車であり、事件現場にタテカンを立て、チラシを配りに行った日に杉村を撥ねたのも自転車である。そのような自転車事故の連続性からみれば、宮部の『誰か』は殺人や事件や事故が詰めこまれたミステリーであるよりも、自転車物語といった方がいいかもしれない。それでもミステリーである以上、自転車は凶器としての任務を果たさなければならない。宮部的ミステリーの有する雰囲気、それを普段着のようなものと形容するなら、自転車はまさに日常生活という普段着の世界の一風景をなす要素である。しかし、日常生活における移動手段としての割合からすれば、自転車が占める比重は車に比べるとはるかに小さいものである。しかも、その乗り手は中年以上または定年退職した老齢の人がほとんどである。にもかかわらず、『誰か』はそのような自転車を、事件を引き起こしうるもっとも有力な手段、道具として起用している。そうして、乗り手を中年や老年ではなく、少年にすり替えている。車に比べるとスピードの面ではるかに劣っている自転車に、事故死を招くのに十分なスピードを配分し、備給するためには、どうしてもそのような置き換えは不可欠であっただろう。

そのような普段着的な要素に比べると、あきらかに『誰か』にはミステリーの読者に読みの嗅覚を鋭利にするように促がすものがある。それが他のミステリー作品群にすでに散在するものであることも事実であるが、そうしたものがなぜか宮部的ミステリーに流し込まれると、それ固有のモード、固有の記号性を剥がされて、無意味をよそおった無色透明のものになっている。それはおそらく宮部的ミステリーが有している普段着的な性質がそのようなミステリー的要素が持っている固有の濃度を中和し、薄めてしまっていたからであろう。にもかかわらず、『誰か』の扉に載せてある西條八十の「誰か」は、その濃度を薄められていないところか、むしろ作品全体の背後に隠れている背後霊のように、最初から最後まで支配者として君臨している。

暗い、暗い、と云いながら　誰か窓下を通る
室内《うち》には瓦斯《ガス》が灯《とも》り　戸外《そと》はまだ明るい筈だのに
暗い、暗い、と云いながら　誰か窓下を通る。

『誰か』が、構造的にロシア人形のような入れ子型になっているのも、西條の「誰か」というタイトルの詩が、背後霊として不気味な雰囲気をかもし出しているからである。実際、『誰か』は杉村が事件現場のマンションを訪れた後、家路をたどって橋を渡る時、家の窓から外を眺めている人物をテクスト空間に招き入れている。お婆さんである。そして「エプロン」と呼ばれる四十ぐらいに見えるお婆さんの娘か嫁である。「橋から宵の街を見おろすと、交差点の角のあの家の窓際に、またあのお婆さんが腰かけているのが見えた。鮮やかなプリントのあっぱっぱが目立つのだ。涼んでいるようだ。(中略)ひょっとして、梶田氏の事件のあったときにも、お婆さんは窓際にいたのだろうか?」私たち読者が杉村と同様に暗黙の了解として、「ひょっとして、梶田氏の事件のあったときにも、お婆さんは窓際にいた」かもしれないと言いたくなるのも、以上の西條の詩が読者としての私たちの記憶にすでにプレインストールされていたからである。お婆さんが眺めている町は西條の詩の世界のように暗くはない。夜の入り口の宵の時間帯であり、しかも「交差点の角」にある家だから、明るいはずだ。それで

も、私たちはなぜかお婆さんを事件の唯一の目撃者、真実のカギを握っている唯一の者として見たくなる。この執拗なまでに自己主張を繰り返してやまない思い込みのようなものは、いったい何によるものなのだろうか。

引用の力である。宮部流の引用は、文脈を無視するベンヤミン的な引用ではない。だから、無理矢理に意味を根元から切り取ったりはしない。ゴッホのヒマワリのように、鉢の上に植えられていても、その固有の野性味は失なったりはしない。鉢の縁から溢れんばかりに枝も葉も花弁も外へと流れ落ちてくる。宮部の引用もそのような意味の横溢を狙っている。（宮部の作品は手を加えすぎている。つまり、作為がみえみえである。『誰か』が読者の誰かによってそう言われても仕方のないことかもしれない。たしかに、宮部の作品にはそのようなところがある。それがたまに読者をして、いま自分が読んでいるものを投げ捨てたくなるようにさせる。）西條の詩は、宮部の『誰か』という名の鉢に植え移されても、それ固有の野性味を失っていないばかりか、むしろ意味の産出に拍車をかけて、意味の増殖を繰り返している。

その意味で、美空ひばりの「車屋さん」も宮部的テクネが『誰か』のテクスト空間に招き入れた異人《マレビト》としての語り部であり、意味の実の生るヒマワリである。

宮部のテクネは、先の西條の詩と美空ひばりの歌をそれぞれ作品の冒頭と結尾に配することで、円環の軌跡をたどりながら、両端をきつく取り結ぶ鉄製の箍のように、『誰か』というミステリーの酵母がびっしり詰まっている意味の樽をきつく束ねて締め上げている。したがって、『誰か』を寝かせて熟成を促している最大の酵素は、入り組んだ筋書きや複雑な人間関係や雑多なものの堆積ではない。梶田が今多コンツェルンの会長今多嘉親の専属の運転手であること、会長が杉村の義父であること、また杉村の妻、今多菜穂子が会長の実の娘ではなく妾に生ませた娘であること、梶田の二人の娘、姉の聡美と妹の梨子が浜田利和という一人の男をめぐって争っていること……、こうした筋書きや人間関係が意味の奥行と重層性を帯びるようになるためには、どうしても『誰か』

の冒頭と結尾に置かれた一首の詩と一首の歌がなければならない。だから、宮部は作品を書き終えた時、聴罪司祭のようにこっそり聴き耳を欹てる読者に告白するかのように、「右記の二作より、それぞれ引用させていただきました。また、美空ひばりさんの「車屋さん」という歌がなければ、この作品は成立しなかったと思います。」と奥扉に書き記さざるをえなかったのである。

既述したように、『誰か』は自転車の物語である。と同時に、車の物語である。それは車がたくさん登場しているから車の物語なのではない。車の運転手がたくさん登場しているから車の物語である。いな、正確には運転手の物語である。『誰か』において、運転手は他人の秘密を握っている特権的な存在である。梶田は会長の専属の運転手として、会長の多くの秘事を知っていたはずである。「車屋さん」に登場する運転手が「キンツマ」たちの多くのプライベートな秘密を知っていたように。だから、梶田が殺されたのは、ミステリーの鉄則、「記憶を有する者は抹消すべし」という論理によるものだと、早合点してそそくさに結論を出してしまう読者もいるだろう。しかし、事実はそうではない。真犯人はその娘梨子である。姉の恋人を横取りし、しかもその結婚式を遅らせ、時間稼ぎをするために、父についての本を書くという策略を講じる妹である。したがって、『誰か』において悪人役を演じているのは梨子である。そして、善人役を演じているのは姉の聡美である。しかし、『誰か』はそのような善悪判断による単純な二項対立で二人の姉妹を裁こうとしない。読者によっては、妹の梨子に悪人像を見、姉の聡美に善人像を見る人もいるかもしれない。しかし、『誰か』はそのような裁きを下すために書かれたテクストではない。人間という不気味な存在の心の奥深い所に住み着いている同じく不気味な何かについて書いたテクストである。宮部的ミステリーが、単なる読みの快楽を提供する安物でない理由もそこにある。

（聖徳大学　准教授）

『ICO――霧の城』――停まる時、流れる時――

黒岩裕市

無類のゲーム好きとして知られる宮部みゆきがプレイステーション2用のテレビゲーム『ICO』（二〇〇一年発売）の世界を小説化した作品が『ICO――霧の城』である。二〇〇二～〇三年に『週刊現代』に連載され、単行本の形では二〇〇四年に出版された。

〈いつだかわからない時代の、どこだかわからない場所でのお話〉である。トクサの村には、角の生えた子供が生まれると、その子が十三歳になったときに、遠く地の果ての断崖にそびえたつ〈霧の城〉に生贄《ニエ》として、差し出さなければならないというしきたりがある。二つの角を持って生まれた少年イコ。ニエになる宿命を背負った子供は生まれてすぐに両親から引き離され、トクサの村長夫妻によって育てられる。物語は十三歳になったイコを〈霧の城〉へと連れて行く帝都の神官の到着を待つところからはじまる。

イコはニエとしての理不尽な宿命を受け入れている。だが、親友のトトが石と化した城塞都市で発見した、〈霧の城〉の呪いを解く『光輝の書』という書物についての言及もあり、イコが〈霧の城〉から生還するであろうということは予期されている（第一章）。〈霧の城〉へと連れて行かれたイコは、ニエとして石棺のなかに閉じこめられる。しかし、『光輝の書』の祈りの言葉を織り込んだ〈御印〉を身につけていたため、石棺の蓋がはじけ、イコは放り出される。城を歩き回るうちに、イコは鳥籠のなかに入れられ、吊るされた少女に遭遇する。少女は〈精霊〉のように、〈浄く白く輝く身体〉をしている。イコと少女は言葉が通じないのだが、少女の手に触れると、奇妙な光景がイコの眼前に浮かんでくる。それはどうやら少女の記憶が再現されたものであるらしい。イコは少女とともに〈霧の城〉からの脱出を試みるのだが、二人の前に黒衣の女王が立ちはだかる（第二章）。

少女の名前はヨルダといい、〈霧の城〉の女王の娘である。城の時を停めるために、数百年もの間、囚われの身になっていたのだ。ヨルダが城から出ようとすると、城は時を取り戻し、朽ち始める（第三章）。ヨルダの記憶からイコは〈霧の城〉の歴史を知る。〈時を封じる要石〉としてヨルダを城に閉じこめ、そのヨルダを見張る目的で、ニエが捧げられるようになったというのである。しかもそれはトクサの村が属する帝国の為政者の提案であった。いったいイコの〈敵〉は誰なのか。女王か、帝国か。イコは揺れ動く。だが最終的には、犠牲となったニエたちの無念を受け、ヨルダを城から救い出すためにイコは女王との対決に臨む（第四章）。イコの冒険を『ＩＣＯ』の本筋とするならば、横道に逸れたかのような位置づけとなる第三章〈ヨルダ——時の娘〉にもっとも多くのページが割かれており、ヨルダの記憶の再現という形で〈霧の城〉の過去、ヨルダと角の生えた騎士オズマとの出会い、女王によって殺害されたヨルダの父親の亡霊との再会、女王＝母親へのヨルダの愛や葛藤などがたっぷりと語られる。こうしたところから、『ＩＣＯ』においてヨルダは決して二次的な登場人物ではないことがうかがえる。

このようにあらすじをたどってみると、『ＩＣＯ』はアドベンチャー・ファンタジーとでもいえそうな作品である。確かにそうなのだが、ここでしばしば目にする〈宮部の小説の主題は家族だ〉（中島誠『宮部みゆきが読まれる理由』二〇〇二年）といった指摘を思い出してみたい。たとえば、血縁による結びつきには限定されないさまざまな〈家族〉が登場する『理由』（一九九八年）や、〈家族〉の問題を解決するためゲームの主人公のように少年が〈幻界〉へと向かう『ブレイブ・ストーリー』（二〇〇三年）などは明らかに〈家族〉をめぐる物語である。だが、『ＩＣＯ』のように、一見〈家族〉を主題とするとは思えない作品においてこそ、〈宮部の小説の主題は家族だ〉という指摘は活きてくるのではないか。

イコは早くに両親と引き離されたという設定なのだが、作品のなかで、イコの父親の役割を担うのは騎士のオズマである。オズマは、はるか昔、女王を滅ぼして、ヨルダの救出を試みようとしたのだが、結局、失敗し、ヨルダとともに城にとどまることになる。そのオズマに角がはえているのであり、角のある子供がニエとなるしきたりはここに由来する。イコは石像と化したオズマに対して〈この感じはまるで、まるで――お父さんみたいだ〉と思い、〈我が子よ〉というオズマの呼びかけを心のなかで聞く。そうなると、イコにとっての冒険とは、父親であるオズマがなし得なかったことを達成すること、すなわち、父親を乗り越えることであるといえよう。

一方、ヨルダは〈霧の城〉の女王の娘である。そもそもオズマの計画が失敗した背景には、女王＝母親へのヨルダの愛があった。ヨルダは女官長の死骸を女王と偽り、帝国の軍人たちを欺いたのだ。イコがニエとして〈霧の城〉に連れてこられた時点では、女王は実体をすでになくしており、〈霧の城〉そのものになっている。そうであれば、城のなかに囚われているヨルダは母親と完全に一体化した状態に置かれていたと解釈できるだろう。物語の終盤で、イコに語りかける女王がヨルダの身体を乗っ取り、〈ヨルダのなかにいる〉というのもそうした一体性を示している。したがって、ヨルダにとっては城を出て行くということは母親との分離を意味する。

最終的にイコは女王を倒す。女王との対決で傷ついたイコは、〈今度は僕が君を守ってあげる！〉という宣言とは裏腹にヨルダの手によって救出され、板切れに乗せられて、〈霧の城〉から海へと送り出される。ところが、当のヨルダはイコには同行せずに、城のなかへと戻っていく。あたかも母親との分離を拒否するかのようである。女王を倒したという点では、イコは父親を越えたことになるが、ヨルダを城から脱出させるということに関しては、オズマもイコも成功してはいない。とはいえ、エピローグになると、記憶が曖昧なままのイコとともに、〈どこまでもどこまでも果てしなく続く純白の砂浜〉に、ヨルダと思しき少女が打ち寄せられている。そこでは〈時はもう、停まってはいない〉。エピローグの〈そして二人は……〉というタイトルが暗示するように、そのようにして動き出した時は、少年と少女が結びつき、おそらく究極的には結婚や出産、すなわち、父親と母親と子供によって構成される〈家族〉へとつながるような異性愛的な〈時の流れ〉であるといえるだろう。

ここで翻って考えると、動かない時のなかで、母親と娘が一つになっていた〈霧の城〉とはある意味ではレズビアン的な空間であった。〈霧の城〉の現在とは対照的な過去のこととして、父母とヨルダの三人による異性愛家族の食事の場面について回顧的に触れられていたことも印象的である。また、ニエという制度を作り出した帝国への皮肉を語る文脈においてだが、女王は〈産めよ増えよ地に満ちよ、繁栄せよ〉といった帝国を支配する生殖のイデオロギーを嘲笑する。つまり、〈霧の城〉は非異性愛的な可能性のある空間であったわけだが、〈時の流れ〉の再開とはそうした空間の消滅に他ならないものなのである。

もっとも、エピローグでも、イコはトクサの村に帰ってきたわけではなく、ヨルダらしき少女が動き出した時のなかで〈霧の城〉のように朽ちることもない。二人が流れ着いた砂浜というのも〈霧の城〉とは別の〈異界〉なのかもしれない。このように『ＩＣＯ』では、ほかの宮部作品と同様に単純な大団円には回収されない余地が残されてはいるのだが、それでも、最後に祝福されるのは少年と少女の結びつきであり、それを中心化する〈時の流れ〉なのだ。

（フェリス女学院大学ほか非常勤講師）

『日暮らし』――三太郎・弓之助という個性――岩崎文人

久しく、時代小説とりわけ捕物小説のヒーローはいずれも美男でかっこよい、というのが定番であった。捕物帳の嚆矢ともいうべき岡本綺堂原作の「半七捕物帳」（初出年17。以下同じ）の岡っ引き神田の半七は〈色のあさ黒い、鼻の高い、芸人か何ぞのように表情に富んだ眼をもって（「お文の魂」）〉いたし、佐々木味津三の「右門捕物帖」（28）のむっつり右門こと近藤右門は〈苦味走った男振りの見るからに頼母しげな（「南蛮幽霊」）〉同心であり、野村胡堂の「銭形平次捕物控」（31）の平次は〈水際立った美男（「金色の処女」）〉という設定であり、横溝正史の「人形佐七捕物帳」（38）のお玉が池の佐七は〈色の白い、役者のようにいい男（「羽子板娘」）〉であった。

こうしたことばによるイメージ形成に加え、ヒーロー像を決定づけたのは、挿絵、舞台、映画・テレビなどの映像であった。挿絵、舞台といった要素はここでは措くとして、「銭形平次捕物控」の映像化について記せば、最初の映画化は一九三一年松竹京都製作の「振袖源太」（監督広瀬五郎）で、平次役は堀正夫であった。以下、沢村国太郎、嵐寛寿郎、小金井勝、海江田譲二、川浪良太郎と続くが、戦後、一九四九年の新東宝・新演伎座提携作品「平次八百八町」（監督佐伯清）から始まり、一九六一年の大映作品「美人鮫」（監督三隅研次）まで、計十八本で平次を演じたのが長谷川一夫である。一方、テレビでの大ヒット作は、一九六六年から八四年まで通算八百八十八回にわたってフジテレビ系列で放映された大川橋蔵の「銭形平次」である。ついでに記せば、この他、里見浩太朗、風間杜夫、北大路欣也、村上弘明らが平次を演じている。

かくして、捕物小説の主人公は、原作でイメージされた人物造型に加えて、映像によっていっそうかっこよさが増幅され、イメージの固定化がなされていったのである。

これに対して、『ぼんくら』(00・4)に始まり『日暮らし』(08・11)へとつづくシリーズの主人公南町奉行所の同心井筒平四郎は、これらの主人公とはかなりの隔たりがある。平四郎が父の跡を継ぎ、最初に拝命したのが高積見廻り、ついで、町火消し人足検めに就くが、〈一年のあいだに二度も火事場で昏倒し、戸板で運ばれる(『ぼんくら』)〉といったこともあり、一年で諸式調掛りに回される。諸式調掛りを十五年勤めたのち、〈世情に通じた、適度にいい加減な男(同右)〉がほしい、と請われ、現在本所深川方の臨時廻りをしているなんともふがいないヒーローである。

平四郎は縁先に寝転がって庭を見ている。

腰のあたりに不穏な痛みを覚えたのは、芋洗坂から帰った、昨夜遅くのことである。やたらに動き回ると、例によって例の如くぎっ、くりときそうな気がした。ここは大事をとって休ませてもらおうと、夜が明けるとすぐ小平次を走らせ、相役《あいやく》の同心に断りを入れた。

で、大手を振ってぐうたらしているわけなのである。(『日暮らし』。以下、『日暮らし』からの引用は注記を省く)

いつもと言うわけではないが、ぎっくり腰癖のある平四郎は、時として〈縁先に寝転〉がることになる。このときは、女の悋気をめぐって議論をしている最中、細君に平手で腰をぶたれ、案の定、ぎっくり腰になり、〈煎餅《せんべい》布団の上に鉤形《かぎがた》になって〉転がることになる。かくして、平四郎付きの中間小平次が、町医者幸庵先生のところに走ることになる。むろん、たちどころに治るというわけでもなく、一人で寝返りの打てない平四郎は、来客に身体の向きを変えてもらって応対する、というていたらく。そのうえ、〈出入りは苦手〉とくれば、とてもではないが、〈今日も決めての／今日も決めての／銭がとぶ（「銭形平次」舟木一夫・作詞関沢新一・作曲安藤実親）〉というわけにはいかない。

神田明神下にある長屋の長火鉢の前で煙管を叩く平次、そこへ事件を報せる八五郎が飛び込んでくる。手早く支度を整えた平次に、女房のお静が切火を浴びせる。といったテレビ映像などでパターン化されたシーン、美男スター演じるところの平次像を刷り込まれた読者にとって、平四郎像はいかにもだらしない。おまけに、その風貌たるや、顔は〈馬面〉、〈背丈は高いが猫背なので、どうかすると四十六という年齢よりもさらにじむさく見え〉、〈定町《じょうまち》廻り同心の巻き羽織《ばおり》は粋《いき》でいなせと誉められる江戸の風物のひとつだが〉、〈平四郎の巻き羽織はいつも、彼の痩せた身体の両脇に、景気の悪い旗印のように垂れ下がっている〉（『ぼんくら』。『日暮らし』では四十七歳）のである。平次と平四郎は、かくも大きな径庭があるのだが、筒井平四郎の名誉にかけて記しておけば、平四郎は〈役人らしくないさばけた人柄で、お役目お役目と目をつり上げるような堅物ではな〉く、多くの人々に愛され、〈一目置〉かれているのも事実なのである。

銭形平次と井筒平四郎との隔たりは大きいが、平四郎の細君は、〈水際立った美女〉である平次の女房お静と少しも引けを取らぬ〈若き日には八丁堀小町と呼ばれた〉美人で、日本橋小網町の桜明塾で子どもたちに手習いを教えている。

ところで、一連の捕物小説の系譜の中で『日暮らし』が異彩を放つのは、こうした筒井平四郎という際だった個性の有りようは勿論であるが、じつは、ともに十三歳の二人の少年の存在である。

まず、三太郎。三太郎は、平四郎が昵懇とする本所元町の岡っ引き政五郎の手下、〈つるりとした可愛い顔の子だが、額が異様に広〉くおでこと呼ばれている。この三太郎が、〈物覚えが悪〉く〈人の顔や名前を覚えるのは大の苦手〉、また〈それ以上に、込み入った出来事の経緯《いきさつ》を覚えておくことはもっと苦手（『ぼんくら』）〉という平四郎と異なり、〈異様に、物覚えが良〉く、政五郎の親分である回向院の茂七大親分が手がけた昔の事件や出来事を聞き覚え、〈書いたものでも読み上げるようにすらすらと諳《そら》んじてみせる〉のだ。三太郎が語る三十五年前の事件を手がかりに解決したのが、『日暮らし』最初の事件・絵師秀明殺人事件である。もうひとりの弓之助。弓之助は、平四郎の甥で、こちらは〈ケチのつけようのないべらぼうな美形〉。平四郎は、いずれ弓之助を井筒家の跡目に迎えるつもりでいる。弓之助は、計量について学んでおり、算盤も達者で、平四郎の書き付けに目を通し、計算間違いを正しもする。書もまたよくし、平四郎は、自分の筆では〈威厳に欠ける〉と弓之助に頼る始末である。こうしたこともあり、弓之助は、三太郎の覚えた出来事を整理し、目録作りを試みてもいる。かといって、弓之助が軟弱な美少年かというと、これがまた、〈やっとうを身につけて〉おり、並みの大人は歯が立たない。が、弓之助にも弱点はある。これが意外にもおねしょなのである。弓之助は平四郎に〈布団は乾いたか？〉とからかわれ、母親からは〈もうおねしょはいたしません〉と〈百ぺん書くまで家を出てはいけない〉と厳しく言いつけられもする。こうしたユーモアが随所に象眼されており、弓之助は、親しみ深く読者に近しい存在になる。この弓之助の洞察力と推理力によって解決されるのが『日暮らし』最大の事件・葵殺人事件である。

『日暮らし』は、捕物小説としての謎解きの面白さもさることながら、多くの読者の支持を集めるのは、やはり、筒井平四郎の魅力と三太郎・弓之助の際だった個性であろう。

（広島大学名誉教授）

『孤宿の人』――山田昭子

宮部みゆきの時代小説のはじまりは、『本所深川ふしぎ草紙』であるが、以降の作品として、『かまいたち』『震える岩』『天狗風』などのホラー・アドベンチャー、霊験お初捕物控シリーズ、先の『本所〜』『初ものがたり』などの捕物帖、回向院の茂七シリーズがある。『孤宿の人』の連載と時同じくして書かれていたのが、『ぼんくら』の続編、同心平四郎と甥の美少年弓之助シリーズである『日暮らし』であった。霊験お初シリーズのお初や『あかんべえ』のおりんなど、宮部の時代ものには少女が活躍する話がいくつかある。『孤宿の人』もまた、加賀殿という人物を中心に、ほうと宇佐という二人の少女が活躍する物語であるといえよう。

四国讃岐国、丸海藩は、三万石というこぢんまりとした所領ながらも、北は瀬戸内海に面し、南を山に囲まれ、滋味豊かな自然に恵まれた郷である。こののどかな土地に、流罪となった船井加賀守守利という幕府の元勘定奉行がやってくることで、いくつもの事件が巻き起こっていく。加賀殿を迎え入れる涸滝の牢屋敷は、十五年前、浅木家に悪い病が流行した際、病人たちを隔離するために作られたものである。その背景にはお家争いが隠されており、加賀殿入領の裏で、十五年の時を経たお家争いの火種は再びくすぶりはじめることとなる。

涸滝の牢屋敷を囲うための竹矢来の作事中、事故が発生し多くの怪我人が出た。同じ頃、丸海藩の藩医である〈匙〉をつとめる井上家の息女琴江が何者かに殺されるという事件が起こる。井上家の奉公人ほうは琴江の死の直前、物頭の梶原十朗兵衛息女、美祢が来訪し、一人部屋に残された琴江が毒によって殺害されたという事実を「見て」しまう。美祢は琴江の縁組の相手である保田新之介に想いを寄せており、恋敵である琴江を殺害したのである。梶原家は加賀殿お預かりという時期に大切なお役目を務めなくてはならない立場にあった。罪人とはいえ、幕府の元要人である加賀殿お預かりに間違いがあっては丸海藩のお取りつぶしになりかねないという懸念から、琴江の死は病死と片付けられてしまう。ひそかに琴江に身分違いの想いを寄せていた渡部一馬は、町役所の同心であるが、琴江の死に動揺しつつも、浅木家の事件を追うため宇佐と奔走する。

以前いた奉公先で〈「阿呆」のほう〉と名付けられた少女ほうは、幼く、〈野犬のようにものを知らない〉少女であり、琴江の死の真相を周囲が隠すことを理解できない。これまでいた井上家から、引手である嘉介親分の家に預けられたほうは、引手見習いの宇佐という少女と暮らし始める。宇佐はほうと出会い、親しくしていた井上家の琴江の死と真相を知るが、琴江の兄、啓一郎の一言によって宇佐は一つの悲劇を抱えることになる。〈得心がいかずとも、いっそおまえも、加賀殿は鬼だ、悪霊だと思いこんでみてはくれないか〉と啓一郎に言い聞かせられたことで、宇佐は琴江殺害が美祢によるものだという真実を知りながらも、それが加賀殿という見たこともない〈鬼〉のもたらした災いによるものであると、自分に言い聞かせざるをえない状況に追い込まれる。宇佐という少女は、琴江の死の秘密、町の人々、丸海藩、そしてほうという小さな少女を守り抜こうとする、「守る」少女である。女という立場にありながらも男社会の引手を志し、漁師町出身という身の上の一方で町と海を行き来する。眼の前の真実を曲げて別の真実へとすりかえるために嘘と真実の間で苦しみ、大人と少女の狭間で迷い、いくつもの「二つの世界」を行き来する少女であるともいえよう。

人々が恐れ、災いであるとする加賀殿はどのような人物であるのか。宮部みゆきはあとがきにおいて、本作をフィクションとしながらも、丸海藩のモデルとなったのは讃岐の丸亀藩であり、発想の素が〝妖怪〟（耀蔵、甲斐）の異名で知られる幕末の幕臣鳥居耀蔵の流人生活にあることを明かしている。宮部が参考にしたとする『鳥居耀蔵日録』（「POSTブック・ワンダーランド」「週刊ポスト」05・9・16）とは『鳥居甲斐晩年日録』である。訓注は昭和五十四年まで旺文社の副社長をつとめた、鳥居正博であり、鳥居耀蔵の子孫にあたる。本書は耀蔵五十歳から七十八歳までの二十八年間の懐中日記に、家蔵の『讃州保管中記』『鳥居甲州詩歌集』など晩年の漢詩類を補注で引用解説したものである。耀蔵が残した記述は〈終始一貫してメモ式に簡約され〉、〈折々の諸懐感想はことさらに抑制をして言葉少な〉である。同じく鳥居耀蔵から物語をつむいでいった作品に、宮部が敬愛してやまない松本清張の『天保図録』がある。『天保図録』における耀蔵は、江戸という政治の中心で、黒幕となり、人を陥れ、〈火の塊〉のような男として描かれている。宮部は偉大なる作家、松本清張の描かなかった部分、流罪となった耀蔵を「受け入れた側」、そしてほうという少女の目で「見た」、鬼でも災いでもない一人の人間としての加賀殿の姿を描こうとした。宮部の描く加賀殿は、妻子を毒殺し、乱心により部下をも斬り殺したという過去を背負わされているが、その真相は敬一郎と舷洲によって推測され肉付けされる。後添えにもらった妻は大奥出身であり、嫁いできた時には既に家斉の子を宿していた。物のように家臣のもとへ下された妻と、その妻を大事な拝領品として扱う夫の間には〈富でも身分でも埋められぬ、心の穴〉があった。養家への配慮から、妻子の服毒自殺を目撃した部下は斬り殺さねばならない。黙秘によって秘密を守り続けた加賀殿はすべてを失い丸海藩へとやってきたのである。

『孤宿の人』における加賀殿は、人々の口の端にのぼる噂と、ほうという少女の目を通してのみ描かれる。ほうは宇佐と離れ、涸滝の牢屋敷で女中として住み込むことになるが、物語はここで涸滝の外と中の二つの視点で展開されていくことになる。ある夜ほうは、加賀殿を狙う刺客を目撃し、慌てて逃げ込んだ床下をたどり加賀殿の座敷に辿りついてしまう。〈この方が加賀様なのだ〉と気付いたほうは、〈涙に曇る目をいっぱいに瞠って〉、その病人のようなお姿を「見つめた」。危うく斬られそうになったところを加賀殿によって助けられたほうは、加賀殿自らの提案によって、読み書き算盤を教えられるようになる。

雷の多い丸海の土地には雷除けの日高山神社が祭られていたが、その年の大雷によって焼失してしまう。日高山神社のご神体お戻りの儀式の日に起きた、渡部一馬による美祢の殺害、そして新之介の仇討ち。混乱に陥った丸海の地に追い討ちをかけるようにして襲った雷は、加賀殿、そして宇佐の命をも奪う。〈丸海藩が加賀殿お預かりを正しくまっとうしたと認めていただけるような形で、加賀殿に死んでいただく〉ことを願っていたものたちの目に、加賀殿の死は〈人の姿から鬼の姿へと変じ〉、〈雷獣を迎え撃った〉伝説となってとらえられ、町の人々はやがてその噂を受け入れていく。

『孤宿の人』は、宮部がこれまで内面のものとして描き続けた人の心の闇を加賀殿という一人の人間の姿を借り、目に見えるものとして描き出した作品である。加賀殿が鬼でも災いでもない、ただの人だということを見抜いていたのはほうであり、「見る」少女としてのほうの力がそこにはある。単行本にする際、宮部が新たに加筆した「あの子は御仏に会うた。人の身の内におわす御仏に」という中円寺の和尚、英心の台詞は、ほうのすべてを物語っているといえよう。加賀殿は最後にほうに名前を示す新しい字〈宝〉を与えた。それは、何より加賀殿の内におわす御仏の存在を気付かせたほうの素直な瞳をこそ示すものではないだろうか。

（専修大学大学院生）

『楽 園』——中村三春

有限会社ノアエディションに勤めるライター前畑滋子は、九年前の連続誘拐殺人事件の解決に重要な役割を果たしたが、そのことを書いてはいなかった。その理由を彼女は「わたしはあの事件に負けました」と言う。この事件は『模倣犯』で描かれた内容にあたる。従って『楽園』（『産経新聞』05・7・1〜06・8・13、のち二〇〇七・八、文藝春秋）は『模倣犯』（02・4、小学館）の関連作品とも、あるいは続編とも言える作品である。その事件は滋子の心に暗く影を落としていた。当時の滋子の働きはＴＶを通じて広く知られ、滋子は行く先々の人々にそのことに触れられるだけでなく、実際その事件に携わった刑事が滋子に協力してくれるというような側面もある。けれども、作品としての独立性が高いので、『楽園』は『模倣犯』を参照しなければ読めないということはない。

さて、滋子に萩谷敏子という女性が連絡してくる。敏子は最近、十二歳の一人息子等《ひとし》を交通事故のため失った。等は、自分の知らないはずのことや未来に起こることを絵に描く能力を持つ、いわゆる「サイコメトラー」であったのではないか、と敏子は言う。滋子は半信半疑ながらも敏子に協力し、真偽を確かめることにした。これが『楽園』の物語の初動動機である。そして、結果的に滋子は等の能力の実在を認めるほかないという判断に到達するのだが、この動機から始まって、物語は意想外に大きな展開を見せる。それこそ『模倣犯』にも負けず劣らず、極めて大胆かつ精緻な語りの運びを誇る、卓抜なストーリーテリングと言うべきである。

『楽園』のストーリーは長大で複雑だが、簡略にまとめるならば、家族、学校、あるいは子ども団体「あおぞら会」をめぐる萩谷家の物語と、火事に遭った北千住の土井崎家の物語とが、最初はぼんやりと、次第に深く交錯し、驚くべき事件の存在が浮かび上がり、それを滋子が持ち前の行動力と推理力によって明らかにしていく構造をもつ。土井崎の家はちょうど半分だけが焼け、火事の後で土井崎夫婦は、十六年前に家出し失踪したとされた長女の茜の死体が家の地下にあり、茜は自分たちが殺害して埋めたと警察に自首した。当時、殺人は十五年の公訴時効があり、罪に問われなくなったために自首したものと思われた。しかし、そのため土井崎元《げん》・向子《こうこ》の夫婦は姿を隠し、次女の誠子は新婚わずか三か月で夫・達夫と離婚する結果となってしまう。そしてこの火事より前に亡くなった等は、絵の中に、埋められた女の子を灰色に描いていたのである。

滋子は、等の絵に土井崎家の蝙蝠の形をした風見鶏が描かれていたことから、等が生前に土井崎家を訪れたことがなかったか、周辺の聞き込みから始める。九年前の事件を担当した秋津刑事、その部下の若い女性刑事野本にも協力を仰ぐ。すると、その過程で敏子が、一家を支配していた「神がかり」の祖母のために意中の相手と結婚できず、家に来ていた「名士」の男に乱暴され、父が誰か分からない等を生んだこと、等がその能力のため小学校で問題視され、児童相談所やそこで紹介された「あおぞら会」に参加したことなどが明らかとなった。しかも驚いたことに、等は九年前のあの事件の現場となった〝山荘〟も絵に描き、一般には知られていない死体を埋めた目印であるシャンパンの瓶も描き込んでいた。次第に滋子は等の能力の実在を信じ始め、等が茜の事件の真相を知っている誰かの心を読み、それを絵にしたのではないかと考えるようになる。この小説では、等、敏子の祖母ちや、後述の敏子自身など、超常能力の所有者が物語展開において重要な位置を占める。なお、等が〝山荘〟を描いた理由（等が九年前の事件関係者のうち誰と接触したか）は、もはや不明とされているようである。

そこで滋子は土井崎夫婦の弁護士高橋雄治を訪ね、夫妻と娘の誠子に連絡を取ってもらうと、誠子が会いたがっているという返事があった。真実を知りたがっていた誠子は、滋子さらには敏子とも会い、滋子に真相の解明を求める。滋子は萩谷家関係では、等の小学校や児童相談所の先生に聞き取り調査を行い、「あおぞら会」に目星を付ける。また土井崎家関係では、中学時代の茜が不良化し、「シゲ」と呼ばれた男のグループに入っていたこと、土井崎家が茜殺害の真相を知る誰かに強請られていたことを突き止める。そして、その誰かがかつて野球漫画のキャラに似ているという理由で「シゲ」と呼ばれた三和明夫で、明夫は「あおぞら会」の会長金川一男の甥にあたり、金川は明夫を更生させようと会で働かせたが、再び暴力等の不祥事を起こしていたことが分かる。等は、ハイキングの引率をした明夫の心を読み、あの絵を描いたのだ。ここに至って、等と茜、あるいは萩谷家と土井崎家の二つの物語は、決定的に合流することになる。しかし、解明が一段落しても物語はとどまることを知らない。滋子は、明夫が誠子を狙うのではないかと深刻に危惧する。なぜなら、「他人を蝕《むし》る味を知ってしまった人間は、そう簡単には手を引かない」からである。そのことを滋子は、九年前の事件から学んだのだ。

明夫の母（金川の妹）三和尚子の家は、明夫の過去を知る町内で既に目を付けられていた。そこへ小学生の佐藤昌子が行方不明となり、明夫を疑った町内の捜索隊と尚子とが衝突し警察沙汰の事態となり、その現場へ滋子は敏子および野本刑事とともに乗り込んで行った。姿を現した尚子に敏子は「奥さん」と呼びかけ、「あなたはあの人たちを逃がそうとしたことだってあったじゃないですか？」と、敏子が知らなかったはずの事実を突き付け、尚子は陥落する。明夫は若い女性を監禁しては金を巻き上げていた。女性が書いた助けを求める紙を昌子が拾ったため、それを白状した女性は殺され、昌子は車で拉致されたのだ。この昌子のエピソードは、「断章」と題されて小説中に断片の形で点在しており、読者は結末に至ってこの「断章」の物語の意味がようやく理解できる仕組みとなる。だから、「断章」の絶対量は少ないものの、『楽園』は萩谷・土井崎のほか、昌子を含めた三つのストーリーラインが並行し合流する物語だとも言える。そしてすべてが解決した後、滋子のもとを土井崎向子が訪れ、十六年前のあの夜、茜が明夫とのドライブで轢いた女性を乱暴して生き埋めにしたこと、それを知った夫婦が茜を殺した顚末を滋子に語る。警察にも明らかにしなかった事実を、誠子に打ち明ける前に滋子に告白したのだ。誠子は後で滋子に電話を掛け、父母を理解したと涙ながらに話した。

長く錯綜したストーリーラインを持つ『楽園』は、超常能力の話、犯罪の話、推理・捜査の話、あるいは家族・学校の話、と様々の顔を見せている。ここには、純粋な等や誠子を一方の極とし、凶悪な明夫を他方の極とする線分の上に並べうるような、非常に多くの人間模様が浮き彫りにされてくる。その中で最も読者の心を打つのは、愛され、育まれるべき子どもが、自分の意に反して愛するべき人々から疎んぜられ、あるいは傷つけられることによって、今度はその人々を逆に傷つけてしまうことの悲痛さ、残酷さではないか。その代表は、犯罪者であると同時に被害者でもある茜だろう。彼女は、バブル景気の頃に思春期を迎え、豊かでない家に不満を覚えると同時に、妹（誠子）の方に両親の愛情が多く注がれていると感じ、中学時代に一挙に不良化したとされる。両親である元・向子の方にもそれなりの事情があり、また、だからといって茜の性格や行動を正当化できるわけでもないのだが、この小説において、最も鋭い、錐のような光線でスポットを当てられるのは茜の姿である。

そのような茜の真実を、いわば土の下から掘り起こしたのは等の能力であった。物語は、今は青年となった、敏子の別れた婚約者大上の連れ子であった義美（もしかしたら等の兄か）が、敏子と再会する場面で閉じられている。幸福になった者など誰一人としていない、この『楽園』という逆説的な題名の小説の結末で、錐のようだった光線は、ようやくにして和らいだ波長へと変わるのである。

（北海道大学大学院教授）

『おそろし　三島屋変調百物語事始』論

――不可避な罪悪感からの解放――

稲垣裕子

百物語といえば、奇談や怪談百話を語り合うことで怪異を呼ぶという、江戸期に持てはやされた一種の娯楽会が、まず想像されるだろう。しかし、本書はこのような度胸試しを趣旨としたり、興味本位から行われる百物語とは一線を画する。なぜなら、三島屋の黒白の間を訪れる人々は、罪の意識をひっそりと抱え苦悩している者ばかりだからだ。その告白に耳を傾けるのは、三島屋の姪にあたるおちかである。いわば江戸版臨床心理士ともいえるおちかは、根気よく彼らが語る〈不可思議な因縁話〉を傾聴する。そして、長きに渡って囚われ続けてきた罪悪感から、彼らが解放される姿を見守るのである。この過程を、縄田一男は〈怪談による心療内科〉（「解説」角川文庫、12・4）と述べるが、閉ざされた心を解き放ちたいのは黒白の間の客人たちだけでなく、おちかその人自身も同様であることを忘れてはならない。実は、おちかは縁談に絡むある事件をきっかけに、叔父の家へ引き取られた身である。彼女は〈心の内に寄せては返す底深い悲しみや苦い後悔、己を責め人を詰る苦しい思いを忘れる〉ために、ひたすら三島屋での奉公に励んでいる。叔父叔母は〈江戸でのんびりと、それこそお嬢様暮らしを〉させようと目論んでいたのだが、彼女はその申し出をきっぱりと断り、ただ〈我を忘れるために働き続けることだけを望んでいた。黒白の間で他者の自己語りに耳を澄ます前のおちかは、まさに無意識に自分を罰しようと過剰な仕事へ己を駆り立て、自然な感情の流れさえも受け入れられない状況に陥っていたのだ。

そこへ一人目の客人、藤吉が黒白の間を訪れる。偶然、話し相手を任されたおちかだったが、藤吉は彼女に〈どこか寂しげな翳がある〉と直感し、信頼に値する人物だと見抜く。〈秘めた悲しみは相通じるもの〉、藤吉は心の重荷をおろす決心に至る。どうやら藤吉は曼珠沙華を怖がっており、その理由は兄にあるらしい。幼少のころ藤吉にとって建具職人で腕のいい兄は、親代わりであり、弟妹思いの自慢の兄だった。ところが、その兄は〈カッとなると、抑えがきかなくなる性質〉で〈堪忍袋の緒が切れ〉た途端〈はっと我に返るまで、自分が何をしているのか〉も分別つかなくなってしまう弱さを内包していた。その〈ひとつだけ、弱いところ〉が災いし、ついに兄は人を殺めて遠島となってしまう。やがて刑期を終えた兄は、赦免され江戸へ戻ってくるのだが、藤吉は兄を迎えに行くことができない。既に成人し、折に触れては世間の冷酷さを感じるようになった藤吉は、漸く決まった奉公先で〈流罪になった兄がいること〉が露見するのを恐れていたからだ。〈世間様は兄を忘れません〉〈忘れたように見えても、何かの拍子にひょいと掘り出〉して〈私にも思い出させるのです。口にした人に悪気はなくても〉〈そのたびに堪えました〉と語る藤吉の身になれば、兄と会おうとしない弟を責められる者などいはしまい。また藤吉自身も〈ひと皮剥いたら、兄と同じ顔が出てくるのでは〉と臆し、どのようなときにも怒りを抑えて笑ってきたのである。しかも〈気質〉として、藤吉が自制不可能な感情を胸の内に秘めていたのだとすれば、いつ爆発するとも知れぬ時限爆弾を抱えて生きているのと同じこと、己の知らない顔を持つ己自身が恐くて仕方ないだろう。だからこそ〈これ、このとおり〉とおどけて笑う藤吉の笑顔は、おちかの目には泣き顔のように映る。

しだいに藤吉は、周囲に迷惑をかけながらも、その周囲に未だ気遣って貰える兄に対して〈むらむらと腹が立〉ち始める。自分は兄の所行がいつ暴かれるかと、今も怯えて生活しているのに兄は安穏と暮らしている〈理不尽〉だ、という思いが先立ったのだろう。いつしか、惨殺された亡者へ〈どうか現れて吉蔵兄を祟ってほしい〉と乞い願うほど、兄を憎悪していたのだ。その願をかけた十日後、皮肉なことに願いは聞き届けられてしまう。藤吉は〈吉蔵の死に顔を見るために。死んだことを確かめるために〉親方の家に勇んで駆けつける。ところが、本当の悲劇は兄が暮らす、座敷の庭に咲いた〈ひと群れの曼珠沙華〉にあったのだ。自死する数日前から、兄はその花に魅了されていたらしい。案じた親方が〈何がそんなに気に入った〉と尋ねたところ、兄は〈あの花のあいだから、ときどき、人の顔が覗くんですよ〉と答え〈あいつは、俺に会いに来てるんだから〉〈俺も見つめ返して、そのたびに謝ります。すまなかった。何もかも兄さんが悪かった〉と花に向かって語りかけていたのだという。つまり、兄が花の間に見ていたものは、弟が兄を罰してくれと願った亡者の顔ではなく、紛れもない弟＝藤吉自身の顔だったのである。この不幸な兄弟たちは互いに自分が全て悪い、という罪の意識に苛まれ、兄は自己を罰するために縊死し、弟は自己嫌悪から出口のない心の闇を、長らく彷徨い続けてきたということになろう。〈私の生き霊こそが、死人花の陰から兄を睨み、兄が詫びても詫びても許さずに、とうとう死に追いやってしまったのです〉と藤吉は、自責の念をおちかに一息に打ち明ける。結果、その苦い思いを漸く話せた藤吉は〈我が身の業が消えてゆくような気がする〉と最後に語り〈安らかな表情〉で礼を述べて帰っていく。

　後におちかは、藤吉が曼珠沙華を眺めるたびに見た顔は〈怒りに燃える眼で睨み据える、己のものとは思いたくない顔〉だろうと想像する。しかし、叔父は藤吉が兄の顔を見たのではないかと考える。それは弟に〈涙を浮かべて謝り、許しを請う苦しい顔〉だというのである。しかし、そのどちらが正しいかは問題ではない。大切なのは、何十年来で兄の墓へ参った藤吉が〈曼珠沙華が咲いていたよと〉〈笑顔で言えた〉ことであり、〈自分で自分を許すことができた〉ことなのである。また、叔父はおちかに〈おまえもいつか、そうできると良いね〉

〈おまえにも、誰かにすっかり心の内を吐き出して、晴れ晴れと解き放たれるときが来るといい〉と穏やかに語る。だが、おちかは〈そんな虫のいい望みを抱くことでまた罪を重ねてしまう〉と気兼ねし、過去に〈がんじがらめになっている自分〉を再認識する。彼女は未だ、罪悪感のもたらす悪循環の思考に囚われたままなのだ。

こうして、第一話「曼珠沙華」から「凶宅」「邪恋」「魔鏡」「家鳴り」の第五話にかけて、おちかは不可避な罪悪感に苦しむ人々の声に耳を傾け、その魂を解放することで彼女自身の問題とも対峙し、折り合いをつけられるようになる。いわば本書「おそろし」は、罪の意識から摩耗した感情を、自らの力で再生させていく物語なのである。宮部は〈時代物を書くときは、仕事にかかる前に必ず半七を読む〉という（「読んで、『半七』！」ちくま文庫、09・5）。いわずもがな「半七」とは岡本綺堂の代表作「半七捕物帳」であり、「シャーロック・ホームズ」から発想を得た江戸情緒豊かな探偵小説である。綺堂は怪異を用いて、普遍的な人間の欲望、哀切を浮かび上がらせる。宮部も綺堂の〈怪奇譚〉に注目しており、〈それを生かしつつも、半七は快刀乱麻を断って事件を解決していく。その合理性がすごく現代的〉と述べ、その発言は同時に本書「おそろし」の作風を示唆しているとも考えられる。また、作中人物に〈亡者は確かにおります〉が〈それに命を与えるのは、私たちのここ〉＝胸なのだと語らせる宮部は、おちかにあなたは無罪だ、幸せになって構わないのだと幾度も言い聞かせる。すなわち、宮部にとって時代ものを描くことは〈江戸の人たちが持っていたバイタリティ〉を作品に組み込むことで、かつては当然であった市井の人々の強かな生き様を継承し〈これからの新しい日本人像〉を創造していく作業といえるのではないだろうか（「江戸の女は私たちよりも幸せ⁉」IN★POCKET　01・6）。

（大阪府立大学大学院生）

成長する少女が紡ぐ英雄の物語——『英雄の書』——藤方玲衣

〈目が覚めたら、日常が戻っていた。帰らない兄を待つ両親。……それでも友理子は、旅立つ前とは変わっていた。お兄ちゃんの身に何が起こったのか、全てを知ったから。〉〈英雄〉をめぐる冒険を終えて、現実に帰った友理子は、そう思う。彼女が辿った『英雄の書』の物語には、成長する少女としての英雄の姿が見える。

彼女は、人を殺して失踪した兄についての真実を知るために旅に出た。そうしなければ自らの心と現実とを共存させることが困難になったからだ。〈友理子の心に、ようやく〝現実〟が形作られてきた。それは岩のように硬く、重たい。その岩が友理子を押し潰している。（…）完璧に。〉十一歳の友理子にとり、兄が殺人を犯して失踪したという事件は耐え難い〝現実〟である。が、友理子は屈しない。自分の力を頼りに、与えられてしまった〝現実〟を克服し、生きてゆくために旅立つのだ。神話学者のジョーゼフ・キャンベルは、『神話の力』第五章「英雄の冒険」において、〈ふつう英雄の冒険は、何かを奪われた人物（…）の存在から始まります〉（共著 ビル・モイヤーズ、早川書房、二〇一〇（文庫版））と語る。友理子は、失った兄、失いかけている未来を求め、現実（作中では〈自分の領域《リージョン》〉と表現される）を離れ、（物語の世界における冒険に身を投じるという方法で）人生における試練に立ち向かう。〈ここにこうして立っているのに、ここにいないような感じがする。亘《わたる》は（…）そこら一面に飛び散っているのかもしれなかった。〉『ブレイブ・ストーリー』における主人公亘も、友理子のような危機に直面した子どもだ。家庭の崩壊、母親の自殺未遂という現実を変えるべく、彼も〈幻界《ヴィジョン》〉へと旅立つ。また『蒲生邸事件』の孝史の境遇にも重なる。大学受験に失敗し、予備校受験のため上京してきた彼のなかには、俗物の父親に対する不満が凝り、未来への閉塞感が漂う。彼は、（自分の意志ではないが）時間旅行の能力を持つ男との出会いによって、自らの時間軸を離れ、二・二六事件の真っ只中に連れてゆかれる。自分が直面している現実を受け入れられず、前へと進めない人間が、異世界、「ここではないどこか」に旅立つのである。〈そう。こみ上げてきたのは問いかけだ。疑問だ。どうして？　どうして？　どうして？　どうしてお兄ちゃん、ナイフで友達を刺すようなことをしたの？〉友理子は現実の不条理に対して答えを求め始める。重すぎる現実にただ黙して押し潰されるのではなく、新たな展開を望む。その直後、友理子は兄と〈英雄〉が邂逅している場面を思い出し、〈本〉の呼びかけを聞くことになる。友理子の心の変化に、状況が答え、異界への扉が開かれる。彼女は、成長の一歩を踏み出す。〈「試練は、英雄を目指す者が真の英雄になれるようにという意図で用意されているのです。」前掲『神話の力』〉友理子は、兄を凶行に走らせた〈英雄〉を封印するという使命を背負い、神話の語る英雄の冒険に赴くのだ。絶望的な状況を、自力で打開する。親からもらった友理子という名を「ユーリ」と改めた（〈友理子は十一歳の森崎友理子ではなく。〝印を戴く者《オルキャスト》〟となるのだ。年齢も性別も、立場も何も関係なくなる。〉）彼女の冒険を助け導くものは、もはや両親ではない。それは彼女が行く先々で彼女自身が出会う人や書物だ。大人は〈既にして多くの物語に染まりすぎて〉いるから、〈英雄〉を封印する冒険に赴く資格がないとも語られる。冒険は、成長の余地ある者、書き込みの余地を残す者に開かれている。また、〈印を戴く者〉となったユーリは、この〈印〉によって、現実世界と物語の世界を自由に行き来できる媒介者になる。〈英雄の位置は神と人間の中間であり、（…）心的、超越的なものを人間的・地上的なものに媒介する役割を帯びている〉（松村一男『世界神話事典』（英雄）角川学芸出版二〇〇五）彼女は常人には隠されている世界を知り、そこで得たことを現実に反映できる特別な存在になる。現実に戻ったユーリは、殺人者となったわが子を思い、胸が張り裂けんばかりに苦悩する母親の涙を、〈ユーリとして初めて〉目の当たりにし、その母親を他でもない自分が救うのだという意志が芽生えている自分の心の変化を実感する。〈不思議な感覚だった。思考は冷静だった。胸が張り裂けるような悲しみではなく、同情と哀れみと（…）――使命感？それらがまぜこぜになって脈打つ、強靭な心。それが、ユーリの内には確かに存在している。あたしはもう、あたしじゃないんだ。〉そして、〈お母さんの名前は何だっけ。森崎――美子《よしこ》だ。〉彼女は母親を、「お母さん」という、自分に対する役割の名、母子という関係性の名称ではなく、「森崎美子」という個人名で見つめる。ここには決定的な成長がある。親子の関係の内で守られていた立場を卒業し、個人としての自立を始める。ユーリの心の中では「お兄ちゃん」は「大樹」に、「お父さん」は「志郎」へと変貌し、その変化に対応して作中でもその表記になっていく。同時にユーリは大樹の事件をめぐる人間関係、状況を客観的に、第三者の目で分析し、自ら大樹の殺人の動機を解明しようと行動を起こしていく。自分と他人を独立した存在として認め、ユーリは、子供から個人へと成長したのだ。そこから、ユーリの冒険はいよいよ動き出す。〈境界線を越える、そこから冒険が始まるということです。守られていない、新しい領域へ入っていくのです。〉（前掲『神話の力』）ユーリは、現実と異世界との境界、そして子供と個人の境界を越えてゆく。

〈お兄さんを許し、解き放ってあげるためにこそ、あなたはお兄さんを追うのです。そこに、あなたの満足やあなたの慰めを求めてはいけない。あなたにしかできないことを成し遂げるために、あなたは進むのだから〉ユーリが、冒険の果てに得たものは、たった一人の兄との永遠の別離、兄の罪についての真実であった。それは、ユーリが諭されたように、彼女の望んだものではなく、彼女を満足させはしなかった。それは彼女の思い、感情を超越して働く、世界の理であった。自分の力など到底及ばず、拒絶も許さない真実に直面し、再びユーリは自らの変化を悟る。〈涙が溢れてきた。これまでも何度となく泣いた。（…）でもこんな涙はなかった。自分の涙で、自分が焼け焦げてゆくようだ。〉彼女は、新たな涙を知る。それは、世界の、人間の仕組みに対する涙なのだろう。誰にもどうしようもない。試されるのは、それを受け入れられるかどうかだけだ。大樹は、〈〈英雄〉の〉物語を生きようとする罪〉を犯したのだと語られる。〈物語は、人の生きる歩みの後ろからついてくるべきものなのだ。〉〈物語を先にたてて、それをなぞって生きようとする愚に陥る。〉〈その傲慢なる本末転倒は、必ず禍を呼び寄せる〉彼が魅入られた〈英雄〉の物語は、〈一人の子供が、己の意志で別の一人の子供の命を奪うことを憚ら〉ないものだった。大樹が殺人を犯したのはいじめられている子を助けるためだった。自分が〈英雄〉になるために。「正義」も勝手な物語に過ぎない。この〈英雄〉像は、『ブレイブ・ストーリー』のミツルに通じる。彼は、自らの過酷な運命を変えるためなら、〈幻界〉を破壊し、そこに住むものたちを傷つけることをためらわなかった。彼は、自らの憎しみの力に負けて冒険に失敗する。その生き方では、自らの意志が、他の犠牲に優先される。〈朝に一人の子供が子供を殺す世界は、夕べに万の軍勢が殺戮に奔る世界と等しい。〉その前途に自身の成長はない。あるのは〈あるべき物語〉だけだ。〈もし人が真の問題は何なのかを自覚したら（…）自我や自己保存を第一に考えるのをやめたとき、私たちは、真に英雄的な意識改革を遂げるのです。〉（前掲『神話の力』）ユーリと友理子は冒険の果てで、確かに「真の問題」に触れた。彼女は兄を、世界の尊い犠牲、〈聖人〉として理解する。そして、〈凪いだ心〉を携えて現実に戻り、家族の〈芯〉になってゆく。彼女は、大きな成長を遂げ、現実を生きてゆく力を自らの内に見出す。だが〈あるべき物語〉をなぞらない友理子の心は、揺れる。〈これでいいんだ。いいの——かな？〉彼女は、英雄の物語を紡ぎながら生きてゆくのだろう。

（西南学院大学神学部）

『小暮写眞館』の面白さ――片岡　豊

二〇一〇年五月に講談社から書き下ろしで刊行された『小暮写眞館』の面白さを否定することは難しい。『小暮写眞館』は第一話「小暮写眞館」、第二話「世界の縁側」、第三話「カモメの名前」、第四話「鉄路の春」の四編から構成された連作長編小説だが、語り手が寄り添う主人公・都立三雲高校生花菱英一とその家族の物語がそれぞれのエピソードの背後に描かれ、第四話で花菱家の家族問題が焦点化されていく。この作品の面白さの第一は、東京下町の商店街に取り残された築三十三年を経た写真館を買い取り、写真館の構造をできる限りそのまま残して家族の住まいとするサラリーマン花菱秀夫・京子夫婦とその家族のあり方にあるだろう。もちろん、写真館を住まいとしてしまったがために、たまたま花菱英一に持ち込まれた摩訶不思議な写真の謎解きを、英一が同級生や、花菱家に〈小暮写眞館〉を斡旋したST不動産の社長たちに助けられながら進めていく、その謎解き自体の面白さ、そしてその謎の背後に浮かび上がるさまざまな人生模様の面白さ……。あるいは英一とは小学校以来の同級生である店子力（テンコ）やジョギング同好会の仲間の橋口保、テンコと軽音楽同好会で活動する寺内千春（コゲパン）、そして田中博史たち三雲高校鉄道愛好会の面々が織り成す高校生活の様子は、ST不動産で働く垣本順子に惹かれる英一の成長譚とあいまって読者を飽きさせることがないだろう。その面白さが、英一に寄り添う語り手の軽妙な語り口に保証されているとなれば、たとい家族の行方が予定調和的に収束しているにしても、いよいよ『小暮写眞館』の面白さを否定することは困難だ。

ここでは、その面白さについて解説するのはやめよう。写真をめぐる謎解きについて伏せておくのも読者への礼儀だろう。「オレはまだ、この両親に慣れられない。／二人ともいわゆる奇人変人の類ではない、はずだ。父は二十数年もひとつの会社でサラリーマンを続けている。母は英一のときも、弟の光のときも、小学校でPTAの役員をやった。光についてはやっているはずだ。どちらの学校でも、あの奥さんはどうにも変わった人だという風評がたったという事実はない。／だから二人とも常識人なのだろう」（p.7）と語られる英一の両親が抱える、そして英一たち家族が抱える〈問題〉についても触れないでおこう。そうしたことよりも、ここでは二十一世紀初頭、つまりは現代を生きる家族の諸相をさまざまに描いているこの作品が、近代日本の歴史と現代日本のありようを見据えたところで成り立っているということについて、その一端を語ってみよう。

二〇〇九年一月一日、花菱一家がそろって近所の戸田八幡宮に初詣に出かけた折、たまたま軽トラックにしつらえた甘酒の店を出していた両親の手伝いをするコゲパンと英一が、こんなことばを交わしている。

「家族で初詣か。いいねえ」

そういうちゃんとした家、今時珍しいよねと言われて、意外だった。

「別にちゃんとしてもねえけど」

「そんなことないよ。あたしの知ってる限りじゃ、みんなバラバラだもん。親と初詣に行く高校生なんて、絶滅種だよ」（p.140）

博報堂生活総合研究所が「日本の家族一〇年変化」を調査し、現代家族のありようを「連立家族」と名づけたのは一九九八年のことであった（『調査年報1998　連立家族　日本の家族10年変化』）。「連立家族」は、経済的豊かさ、女性の社会進出、晩婚化、少子化、高齢化、高度情報化という社会変化のなかで家族成員間の「平等化」とともに「個人化」が進み、その結果として妻の力が増大する「妻権化」、妻の親、女の子供との関係性が強まる「女系化」、家族間が距離感をもった緩い関係になる「緩系化」、そして家族間にあってそれぞれが「自分にとっての利」を求める「合理化」といった傾向性を持つものとして析出される。八〇年代から始まった日本社会への新自由主義イデオロギーの侵襲は九〇年代に入って顕在化し、さらに今世紀、小泉政権以後、日本社会のありようを根底から揺さぶり続けている。調査結果を「短期的にビジネスに結びつける」ことを目的とした「調査年報」は「21世紀に向けての日本の家族を、個人がそれぞれ平等の立場で、個を尊重し、独立しながらも、ばらばらではなく、適度な距離感で結ばれている家族」と肯定的に「連立家族」と定義づけ、自己責任論につながっていく新自由主義イデオロギーを支える「自立した個人」像を浮上させる。しかしそれから一〇年を経て明らかになる現代家族の実態は、家族成員のそれぞれが商品のターゲット化攻勢を受けて「みんなバラバラ」、つまりは分断され、さらには政治的に作られた格差社会化もあいまって関係性の維持に悪戦を強いられる、というものではないのか。「みんなバラバラ」の「連立家族」を産み出す新自由主義イデオロギーの侵襲は、人びとの暮らしの場そのものをも破壊する。小暮写眞館がたたずむ下町の商店街は、かつて「関東大震災にやられ、太平洋戦争末期の大空襲にやられ、戦後の復興期には水害にやられ、とにかくやられっぱなしの過去」(p.32)を持ち、そして今は「商店街というより、店舗用各種シャッターの設置経年劣化を示す屋外展示場」といった趣を示していた(p.13)。英一は写真の謎解きのために近隣住民から聞き取りをする。英一がそこで見出すのはのは「千川町にもその周辺にも、老人世帯は多かった。真新しい小洒落たマンション群の谷間にひっそりと立ち並ぶ、築年数のいった一戸建ては、ほぼ間違いなくじいちゃんばあちゃんたちの家だった。一人住まいの老人も目立った」(p.101~102)という下町の実態だ。

二〇〇八年二月に死去するまでこの寂れゆく地域で写真館を開いていた小暮泰治郎は、一九二二年東京の巣鴨に生まれ、十二歳で写真家浜田辰吾郎に師事。戦時中は陸軍嘱託カメラマンとして上海に渡り、交通事故で負傷を負って帰国。名誉の戦傷と誤解されるなか、戦時下を後ろめたさを抱えて過ごした。そして戦後再び濱田写眞館で働くが、浜田亡き後写真館を継承。この間一九五五年に浜田の入院中看護婦として付き添っていた加津子と知り合い結婚。一人娘信子は結婚して今は横浜に家庭を持っている。一九九三年に加津子に先立たれてからも泰治郎は一人写真館の店先に立っていた。戦前・戦中・戦後を誠実に生き抜いた泰治郎の空家となった写真館を買い取るという花菱一家の選択自体に、新自由主義の攻勢下、人びとが分断されていく時流に対する抵抗があるのだ。

英一の謎解き行脚は〈失われた二十年〉のもとに繰り広げられる家族の諸相をあぶりだし、そして小暮写眞館でも花菱一家の家族間の葛藤劇が演じられていく。二〇〇八年一二月三日に始まる『小暮写眞館』の物語は、英一たちが高校生活を終える二〇一一年の春（刊行時点からは近い未来）に、それぞれがそれぞれにところを得て終息する。そこには新たな〈絆〉が示されることになるが、しかしそれは新自由主義が日本社会を席巻するなかで、ことに三・一一以降盛んに喧伝される〈家族主義イデオロギー〉を復活させるかのような〈家族の絆〉とは全く無縁のものであると言っていい。そこに示されるのは一人ひとりの存在をあるがままに受け入れること、言い換えれば戦後日本社会を平和国家として築いていくときの基軸となるはずであった〈個人の尊厳〉に裏打ちされた〈個〉と〈個〉との〈絆〉なのだ。『小暮写眞館』の面白さを支えているのは、決して声高には現れない戦前・戦中・戦後の歴史と現在の日本社会のありようを見据える作家の眼光の鋭さであるにちがいない。

（前・作新学院大学人間文化学部教授）

物語の闇とともに――『あんじゅう　三島屋変調百物語事続』――錦　咲やか

人々が順番に怪談話をし、百話語り終わると本物の怪が現れる――それが、百物語という怪談会の様式である。本書はその副題の通り、様々な怪異話をモチーフにした作品だ。宮部みゆきは時代物から現代物まで、幅広く手掛ける作家だが、いずれも人間の心の闇を巧みに炙り出すストーリーテリングに定評がある。この『あんじゅう　三島屋変調百物語事続』は『おそろし　三島屋変調百物語事始』の続編にあたるが、怪異譚を人々から聞き集める役目を主人公・おちかに負わせたその設定は、寓意に満ちた物語性を読者に示す装置としてより際立っている。「語り」に「騙り」を繰り返しなぞらえ、反転させながら進む本テクストのストーリーテリングは、小説に自己言及性を持たせることでさらにその牽引力を増しているように思える。

また、この小説の初出は読売新聞朝刊だが、新聞の連載小説は、一日ずつ挿絵が付くことで、そのイメージが小説世界の読者への受容に少なからず影響を及ぼす形式といえる。宮部はたっての希望として挿絵画家に南伸坊を請い、そのチャーミングでユーモラスな挿絵三百点が単行本に収録された。宮部は「南さんの絵を見るうち、『くろすけ』を木に登らせたり、手まりを追いかけさせたりしたくなったんです。私が根拠もなく作った『お旱《ひでり》さん』や『くろすけ』が、南さんの絵によってＤＮＡを入れていただいた感じがします。」と刊行時のインタビューで話している。小説から絵が生まれ、絵が小説世界を押し広げるという循環性は、単行本に収録されるにしては通常より多い挿絵の量からも、この作品にとっての重要なコンビネーション要素としてはっきりと見出すことができる構造である。

前作『おそろし』において、当時十七歳であったおちかに事件が起きる。幼なじみの許婚・良助が殺されたのだ。さらに、殺めたのは子どもの頃おちかの両親が引き取り、一つ屋根の下で慣れ親しんできた関係である松太郎という少年であり、松太郎はその後己の命も絶ってしまう。その陰惨な事件以来、おちかは一人生き残った咎に我が身を責めさいなみ、暗い影に沈み込んでいた。江戸は神田で袋物・小物を商う三島屋へ、おちかの叔父夫婦はそんな彼女を引き取り、その身を深く案じる。ある日ひょんなことから、店の主人・伊兵衛の囲碁相手を主人の代わりにもてなした際、おちかは怪しくも不可思議な打ち明け話を客人から聞く。その話を聞いた後、おちかの様子が少し変化したことを受け、伊兵衛は江戸中の不思議な話を集めることを思い立ち、おちかをその話の聞き手にしつらえて、「聞く」ことで世間に耳を傾けさせ、自らを責める堂々巡りからの癒しとさせようとする。こうしておちかは、様々な人々からの怪異譚を〈百物語〉として聞き集めることとなる。

ここでは自らの闇に沈み込んでいる人間が、不思議な縁や作用に導かれて語りあい、聞きあううちに闇を考察し、そこから逃れ得る糸口が仄かに照らし出されるかのような交錯が描かれる。不思議話が語られまた聞かれる場所は、元々伊兵衛が趣味の碁を打つ為の座敷であり、〈黒白の間〉と呼ばれている。囲碁の「黒白」はまさに「語る・聞く」ことで織りなされる宇宙図に擬えることができるだろう。語ることと聞くことが、言葉という碁石を繋げて星図のように連なり、盤の上で反転可能な図像となる。それはあたかも構築されたテクストのように思われる。碁譜が、碁石を繋いだ線図ではなく、囲んだ範囲を示す勢力地図であることからは、語ることと聞くことの鬩ぎ合いや、その鬩ぎ合いによってしか成立し得ないテクストというものの構造が深く浮かび上がってくる。

さらに〈聞いて聞き捨て、語って語り捨て〉が不思議話の聞き集めに際する決まりごとであり、門外不出となるからこそ、胸の中に永年封じ込めてきた事柄をひそやかに語りたい人々に、三島屋を訪れてもらうことができるという小説内の趣向がある。基本的に、語り手は謎の解決を目指してやってくるわけではないが、読者には怪異話の謎解きへの期待が生まれる。それを怪異は怪異として解明せずに、残した部分を怪談として提示し、残りの部分を人の心が生み出す絡まり合った事象として冷静に読み解くおちかの姿勢は、ミステリにおける探偵の役割を確かに負っており、読者が同化できる優れた聞き手である。『あやかし』で自らの辛い体験を打ち明け、語り手としても一度確立したおちかが、そこからあくまでもひそやかな聞き手として立つ姿は、単なるトラウマ回復の描写には留まらない。読者もまた、それぞれにとっての小説を成立させる聞き手であり、かつ語り手に反転できる可能性を示唆される。

第一話「逃げ水」では、金井屋の丁稚・染松こと平太の話が語られる。平太はお旱《ひでり》さんという、水を飲み尽くす神様を背負っているのだ。平太が近づくところ、井戸の水は干上がり、花瓶の水は消え、あらゆる水がなくなっていくという怪異が表れる。可愛らしい少女の姿でありながら、蛇のかたちもとる山のヌシ神と、幼い少年との交流は微笑ましく、〈必要とされない〉孤独の心がふたりを強く結びつけていく。

第二話「藪から千本」は、双子に生まれたお梅とお花の数奇な物語だ。迷信として双子は、家を分かつ、身代を割るといって忌まれる。その迷信に囚われた姑の呪いから、分かたれた双子の運命は歪んでいく。亡くなったお花を本人とそっくりの人形として作り、残ったお梅と全てそっくり同じ扱いをすることで姑の怨念を封じるが、少しでもお梅と同じ扱いでない場合、お花の人形にびっしりと針が出て、お梅の身体の同じ部分に酷い湿疹が出る。そんなお梅を無事嫁がせるために、疱瘡によるあばたの美女お勝が、呪いを避ける〈縁起物〉として登場するが、お勝の造形は、今後も三島屋を守るために迎え入れられることで重要性を帯びている。

第三話「あんじゅう」は、表題ともなったあやかしの物語である。古い紫陽花屋敷に住み着いた、まっくろな闇を固めたような生き物は、屋敷に移り住んできた新左衛門夫婦に〈くろすけ〉と名付けられ、いつしか懐いてほのぼのとした交流が生まれた。しかし〈くろすけ〉は零落《おちぶ》れ長くほったらかしにされていた荒屋敷の寂しい想いが妖化したいきものであり、人と接することでその孤独が癒されれば同時に弱って消えてしまうという皮肉なさだめが明らかとなる。寂しさから生まれた故に、寂しさが癒えればなくなる——だが、その寂しさ自体が生をもち、魂の交流を図れるならば、癒えることは死ぬことである。相手を思う情が〈くろすけ〉の命を奪うことになるという逆説的なしくみから、夫妻は〈くろすけ〉をそっとしておき守るために屋敷を捨てて遠ざかる決断をする。しかしその屋敷は周囲の人間関係のもつれから、焼き落とされてしまう。寂しさを擬人化して切なさを生み、想いの逆説的な生死を語るテクストは実にスリリングである。

第四話「吼える仏」では、自給自足によって閉ざされた豊かな桃源郷のような村が、考えの違う人間を異物として排除することにより、差別の連鎖から崩壊へと雪崩れ込むダイナミックな怪異譚である。信心の簡単な反転と集団心理の危うさは、語り手を偽坊主の行然坊に設定することで相対化され、同時に一層の危うさを突きつけている。「あんじゅう」は「暗獣」である。人が人でなくなる時、暗いものを心に囲う時、そこにはあやかしが生まれる。その闇と対峙する物語は今後も語られていくだろう。〈人が己の話を語るとき、語るにつれて、最初のうちは言えなかったことが、ずるずる出てくるのだ。語りそのものが力を得て、伏せられていたものを翻し、隠されていた者を明るみに引っ張り出す〉。これはまさにこのテクストの目指す求心点である。テクストの語りが何度でも翻す地点を指向したその軌跡で、物語の闇は明るみへと反転し、さらに闇へ戻る。

（日本近代文学研究）

『おまえさん』——ミステリーを包み込む人情の力——

西村英津子

『おまえさん』。時代劇などのセリフ以外では、日常生活で使われなくなった言葉である。でも、不思議なことに、この「おまえさん」という言葉は、古臭くもなく、親しい誰かに呼びかけられた時の安心感や喜びを想起させる、温かく優しさのこもった言葉である。

『おまえさん』は、宮部みゆきの「井筒平四郎シリーズ」の第三弾として親しまれている作品である（上・下、講談社、11・9）。井筒平四郎という人の好い下級役人と平四郎の仲間たちが、江戸の下町で起こった殺人事件の犯人捜しに奔走する過程が描かれている。発端となった殺人事件は、南辻橋のたもとにある平四郎の行きつけのお菜屋〈おとく屋〉の前で起こる。倒れていたのは、四十歳過ぎの身なりの貧相な、正体不明の男だった。そして、犯人も、被害者の男の身元も分からないうちに、別の殺人事件が起こる。一番目に起こった事件は、〈王疹膏〉という万能薬で有名な生薬屋瓶屋の主人・新兵衛が、早朝に自宅の蒲団の上で血まみれになって死んでいたというものだった。新兵衛の殺され方は、南辻橋たもとで起こった辻斬りと〈そっくり〉だったことから、ふたつの殺人事件は、同一犯によるものという、古希を過ぎた本宮源右衛門の指摘をきっかけに、平四郎と同じ同心間島信之輔、岡っ引きの政五郎が中心となって、事件の真相解明に取り組むことになる。

作品は、この二件の殺人事件と関わりのある二十年前に起こった、生薬屋〈大黒屋〉の〈ざく〉と呼ばれる職人の殺害、そして、辻斬りによる二つの殺人事件の後に起こったお継という夜鷹が殺害される事件——源右衛門は、お継の殺され方も同じ辻斬りによるものと推理した——との関わりを謎解き、犯人を突き止めるまでの過程がメインとなって展開されるという、典型的な推理時代小説である。過去と作品内現在に起こった殺人事件をめぐって、次々と個性豊かな登場人物が登場し、読者は推理の世界に引き込まれ、最後まで一息に読めるだろう。

この作品の面白さが、関連のある複数の殺人事件の背景を解明していくところにあるのはわざわざ指摘するまでもないが、この作品のもう一つの魅力は、《人情小説》という点である。『おまえさん』という作品名が、すでに人を安心させる響きを持っており、ドロドロとした血生臭い殺人事件をミステリータッチで描いた作品で終わらせないものを含んでいる。もしも、この作品で人情が描かれていなかったならば、ありきたりの推理時代小説で終わっていた可能性もある。では、この作品にはどのような人情が描かれ、殺人事件に絡んでいるのだろうか。

二十年前の殺人事件の被害者は、生薬屋大黒屋の腕の良い〈ざく〉だった吉松という男だった。そして、吉松殺しを犯したのは、当時同じ大黒屋の〈ざく〉をしていた新兵衛と直一（後の大黒屋当主藤右衛門）だった。吉松は、所帯を持つために、大黒屋から独立するつもりで、〈ざく〉仲間に極秘で新薬の開発に勤しんでいた。大黒屋から暖簾分けを希望していた若かりし新兵衛は、吉松が開発した新薬を横取りすることを、直一に持ちかけて企んでいた。そのうち、なかなか新薬の調剤法を盗み出せないために吉松への殺意が、二人の間に芽生え始める。しかし、新兵衛と直一には人殺しはできなかった、語り手は、〈所詮、二人とも悪人ではないのだ〉と語っている。

殺人を考えるほどに、自分たちの出世、保身のために吉松の新薬＝〈王疹膏〉を横取りしようと執着した人間でも、この作品の語り手は〈悪人ではない〉と言う。これは、この作品の語り手の、人間を見るスタンスを象徴している。つまり、この語り手は、世間の常識では《悪＝悪人》と断罪される事柄を、必ずしもそうは見ていない、世間の物差しを鵜呑みにして、ひとり一人の人間を見てはいないのである。そして、このような語り手の立場が、本来であれば、血生臭い、怨恨をめぐる殺人事件を扱ったミステリーを、血生臭いものでは終わらない、《人情小説》とも言える作品世界を作り出していると言えるだろう。

新兵衛と直一、そして二人の子分のような〈ざく〉であった久助は、ある日、銭湯に行き、吉松にばったり遭遇する。そこで事件は起こる。人付き合いが悪く、腕の良い〈ざく〉であった吉松は、普段から〈ざく〉仲間を馬鹿にし、銭湯で一緒になった日も、湯船に入ろうとして足を滑らせた久助に〈この間抜けが〉と意地悪く言い、〈軽蔑に満ち〉た声音で吉松は、三人に向かって〈役立たずの米喰い虫が雁首揃えやがって〉と罵ったのである。侮蔑されたことに理性を失うほどに憤った新兵衛と直一は、吉松に飛びかかり、久助にも声をかけて、三人で湯船の中に押えこんで、そのまま死なせてしまったのである。

三人の人生は、この時から一変した。吉松の死は、入浴中によくある突然死として始末された。しかし、新兵衛、直一、久助は、いつかどこかでこの一件がばれるのではないかと脅え、理性を失って吉松を殺してしまったことへの罪の意識に苛まれながら、新兵衛は、〈王疹膏〉を看板商品にして生薬屋瓶屋を営み、所帯を持ち、美少女史乃という娘と後妻である佐多江と暮らしていた。直一は、大黒屋の主人藤右衛門として立派に店を営んでいた。一方、久助は、人殺しに加担してしまった罪が暴かれるのに脅え、病弱な体で独り転々とする人生だった。作品はじめに南辻橋のたもとで斬り殺されていたのは、久助だったのだが、それからしばらくして、新兵衛も自宅で同じように斬られ死亡した。生き残った直一によって二十年前の過去が明らかにされ、平四郎とその甥である弓之助、平四郎と同じく同心間島新之助、岡っ引きの政五郎と血の繋がりのない息子である三太郎、そして、殺された遺体を見て、どのように殺されたかを見抜いてしまう老人源右衛門による、推理と殺人犯を追う様子が、複雑な人間模様と共に目まぐるしく展開し、犯人は読者の意表を突く展開で明らかにされる。

殺人事件を解明するストーリーでありながら、『おまえさん』には、男女の恋愛と結婚、親子の情、または血縁関係に拠らない親子関係、店の主人と奉公人との間の信頼関係などが、細やかにどこかユーモラスに描かれる。実は、ここが、『おまえさん』の魅力としてあくまでストーリーに彩りを添えるように挿入されながらも、作品世界にとって重要なスパイスとなっているのである。例えば、老人の源右衛門は、間島新之助の親戚にあたり、身寄りの無くなった源右衛門は間島家に身を寄せていたのだが、間島家ではお荷物な存在だった。そんな源右衛門を見て、平四郎の行きつけのお菜屋のお徳は、源右衛門を憐れに思い、自分の店の二階に引き取りたいと言うのである。そして、本当に、源右衛門は、お徳の家に住むようになり、〈学問所〉を開き、弓之助や三太郎には〈文書〉を読ませ、文字の書けないお徳には読み書きを教えるのである。町医者に長年恋をしていた、そこの女中が、身分の違いのために恋が成就しないことを悟り、自殺未遂を犯した時にも、お徳が温かく引き取り、源右衛門は、文字も書けない女中に〈何をどうしたらいいかわからぬときは、学問をするのが一番よろしい〉と言うのである。

その他にも、ここでは紹介しきれない多くの人情が描かれ、一つ一つが各自の人生にとって大きな影響を及ぼし、殺人事件にまで発展してしまうほどの愛憎や怨恨となり、あるいは怨恨や孤独を背負った人間が、新たな繋がりを通して再生して行く様子が江戸の下町の風情とともに描かれる。犯罪を犯したものでさえ、今でいう警察官にあたる平四郎や新之助らは、情愛を持ち、犯人の人生の陰に共感し、罰を軽くしようと助ける。そこには、現代の管理社会、法治国家では考えられない共同性と、お互いの人生を大切に慈しむ温かい心が通い合う情景が広がり、現代社会を生きる私たち読者に一時の安らぎを与えてくれる。〈おまえさん〉、という囁きとともに――。


（神戸大学大学院生）

ゲームのためのゲーム――『ここはボツコニアン』の文法ないし使用案内――

蕭伊芬

『ここはボツコニアン』は、読者を五里霧中に陥れる罠に満ちた魔の書物である。その仕掛けは帯につけられたキャッチーコピーに見られる。〈宮部の新境地、ＲＰＧファンタジー!!〉ファンタジーならまだ分かるが、「ＲＰＧ」ファンタジーとは？　編集者によってつけられることの多い帯の文句は商品ＰＲの一種であるから、中身と異なる場合もまれではない。だからこそ、本作りの一部である帯から作品の対象とする読者を観測し、そのような読者を獲得するために作品に用いられた手法を検証することはできる。では、『ここはボツコニアン』はどのように仕掛けを張り巡らして、どのような読者を待ち伏せしているのか。この謎を解く前に、少しＲＰＧとファンタジーの関係についておさらいしておこう。

今日では、ＲＰＧはテレビゲームの代表的なジャンルの一つとして認識されることが多いが、元はＴＲＰＧ、つまり仲間内がテーブル＝卓上で遊べるアナログなゲームを指す言葉であった。プレイヤーたちが演じる、魔王を討伐する勇者に、魔法使いや頑固だが手先の器用なドワーフ、なぜか美形ばかりで超人的存在のエルフなどのキャラクターが活躍するステレオタイプの源流は、さらに『指輪物語』をはじめとするハイ・ファンタジーまで遡ることができる。そのため、ＲＰＧとファンタジーは形式の違いがあるにせよ、同じ血筋の一族だといえるが、それぞれの支持者から反発されることもある。その一例として、宮部みゆきの『ＩＣＯ―霧の城』があった。

ゲームの『ＩＣＯ』は発売当初は目立たなかったが、派手ではないものの独特な演出と、ユーザーの想像力を掻き立てるシナリオの余白が斬新であったため、口コミで徐々に人気が高まり、隠れた名作として地位を確立した。宮部の『ＩＣＯ―霧の城』はゲームのノベライゼーションとはいえ、ゲームのように、視覚と聴覚による余白の補完や雰囲気の演出をすることはできないし、する意味もない。そこで宮部は、定評のあるミステリや時代物と同じ書き方を用いた。丁寧な筆致で人物の心情を掘り下げ、緻密な背景描写で世界観を読者に馴染ませようとしたのである。宮部の苦心によって、ゲーム未体験の読者も「ＩＣＯ」という世界を本物のように触れることができたが、プレイ済みですでに自分なりの補完をしていた者にとっては、宮部版の「ＩＣＯ」を押し付けられたように違和感の残る結果となった。

同じ起源を有していながら、小説のファンタジーとゲームのＲＰＧは「ＩＣＯ」の例のように、文法の違いによって、隔たれていたのである。熱心なゲーマーとして知られるのと同時に、書き物とその影響に敏感な作家でもある宮部がこのことに反応しないはずがない。井辻朱美によると、宮部は『ブレイブ・ストーリー』を寓話的な行きて帰りし物語に落ち着かせ、『英雄の書』でハイ・ファンタジーのように〈ファンタジーでなければ書けないこと〉を描き、問いかけることによって、作品を伝統的なファンタジーの枠内に納めたのである（井辻朱美「宮部みゆきはエンデを目ざす？　現実世界と異世界の立ち位置を模索して」、『宮部みゆき全小説ガイドブック』洋泉社、二〇一一年）。しかしながら、ゲーム世界ならではの楽しさを熟知している宮部は、これらの要素を完全に切り捨てた訳ではなかった。その証拠が、奇妙な「ＲＰＧファンタジー」たる『ここはボツコニアン』である。

十二歳の誕生日の朝に目が覚めると、ピノ少年とピピ少女（以下、原作にならい、ピノピと称する）は勇者として選ばれ、世界を救う旅に出かけた――と書けば、いかにもな冒険物のように見えるだろう。確かにピノピは世界を救うために旅に出た。しかしながら、そもそも彼らがいる「ボッコニアン」というのは、その名の通りに〈〝ボツネタ〟が集まってできたできそこないの世界〉＝〈ニセモノの世界〉であり、勇者はボッコニアンを〈本物の世界〉にするために選ばれたのである。そのため、ピノピはビギナー勇者であるにも関わらず、チュートリアルダンジョンでいきなり命の危機に晒されてしまう。町から町へと移動しているだけなのに、ＨＰがどんどん減少していく。冒険の案内係りトリセツ＝「世界の取扱説明書」なる不思議な存在も肝心な時に限って姿が見えない。なにより、一巻の時点では大きな展開の見通しもないままに終わってしまう。

通常のゲームならば、ユーザーを泣かせてコントローラを投げ飛ばさせるボツネタのオンパレードに、製作側に対するユーザーの怨念が大噴出するところであろう。しかしながら、『ここはボツコニアン』は小説である。そのため、当たり前のことだが、ピノピが辛酸を嘗め尽くして（というのはいささか誇張だが）理不尽な試練の数々に耐える過程を、読者はゲームをする時のように自ら繰り返して苦労する必要がない。それどころか、奇天烈なボッコニアンの状況とピノピの奇行とも捉えかねない奮闘を眺めることによって、読者は過去の自分を苦しめたが、今となってはいい（？）思い出のゲーム体験を思い出させられ、ピノピを襲う脱力の罠にあるある―と思わず笑ってしまうだろう。その瞬間に、ゲームを愛したが故にゲームに苦しめられ、結果的にその愛を再確認してしまった者同士として作者と読者は出会い、ボッコニアンという奇跡の場で幸せの共感を交換できたのである。

『ここはボッコニアン』はゲームと小説の文法の違いを極めて意識した上に利用した作品である。そのため、読者は小説を読んでいるのに、登場人物たちと、作者と共にゲームのルールを模索しているような感覚になれる。この感覚は、最初から明白な目的と行動パターンを持つことの多いＲＰＧよりも、むしろ参加者全員が一つの世界を楽しみ、作り上げていくＴＲＰＧのそれに近いものである。だからこそ、『ここはボッコニアン』はゲームに疎い読者にとって、距離を感じさせる作品になってしまう可能性が出てくる。しかしながら、『ここはボツコニアン』は多元的な楽しみ方を読者に提供していた。たとえば、十二歳の誕生日の朝という運命の日なのに、なかなかベッドから出られない主人公ピノ少年の様子を描写した後、宮部は行を改めて次のように続いたのである。

〈そして二度寝しました。気持ちいいですよね、二度寝。作者もよくやります。〉

この短い段落の冒頭は冒険物語でよく見られる、ナレーション調の三人称のものである。が、中ほどは明らかに読者への語りかけとなっている。そして最後は、ついに堂々と作者の顔を出してきたのである。『ここはボツコニアン』はこのように、メタ・フィクションとしての要素がふんだんに使われる。特徴とされる細やかな背景描写をイラストに譲り、たとえば編集者との内輪ネタの多用や、ゲームエッセイとも捉えられる側面の強化など、ゆるりと進んでいる物語の本筋に対して、非常にアクロバティックな語りを宮部は本作で使用している。一方で、二巻からは事件発生→事件解決及び本筋へのヒントを得る→次なる事件へ、という冒険物語の定番コースを辿るようになってきたから、一般の読者にとっても読みやすいようにバランス調整したことが伺える。とはいえ、二巻の最後で、ピノピたちはとうとうフィクション界全般において人気の高い歴史物キャラたち（が、やはりボツネタらしく〈二軍〉！）と遭遇したから、宮部の愉快なゲームに読者がますます翻弄されることは予想されよう。

『ここはボツコニアン』のジャケットの折り返しにはわざわざ〈使用上のご注意（作者からのお願い）〉がつけられていた。明らかな冗談を交えながら、長々と羅列された注意事項の最後には、こう書いてあった。

〈本作は完全なるフィクションです。あまり深くお考えにならないことをお勧めいたします〉

あなたならこのゲームを、どうプレイするか。

（白百合女子大学大学院生）

『ソロモンの偽証』——時代への問いかけ——

三谷憲正

日本がバブル景気に沸騰し、地上げが全国各地で行われていた一九九〇年。そのクリスマス・イブの深夜、柏木卓也《かしわぎたくや》という城東第三中学の二年生が母校の屋上から墜落死するという事件が発生した。〈死亡推定時刻はあの夜の午前零時から午前二時までのあいだ〉（Ⅰ・14）。事故でないとすれば、これは自殺なのかそれとも他殺か。年が明け、殺人の現場を目撃したという告発状が届く。これは三宅樹理《みやけじゅり》という同級生が書き、友達の浅井松子《あさいまつこ》を誘って三か所に投函したものだった。反響の大きさにお人好しの浅井松子は恐れ、トラックにひかれてその命を絶ってしまった。続いて告発状に名指しされていた悪グループのリーダー大出俊次《おおいでしゅんじ》の家が奇妙な火事によって焼失し認知症気味だった祖母が焼死するという惨事が起こった。（以上、12月24日から翌年の7月始めまで）。

本作の主人公とも言うべき藤野涼子《ふじのりょうこ》は剣道部に所属し、父剛《たけし》は警視庁捜査一課の刑事である。第Ⅱ部は一学期の終わりに移る。涼子は卒業制作の一環として事件の真相を突き止めるべく学校側の諫止を振り切り、自分たちだけで陪審員裁判を行うことを提案する。裁かれる被告人は大出俊次。罪を問う検事官役として涼子、その補佐をする事務官に佐々木吾郎《ささきごろう》・萩尾一美《はぎおかずみ》。弁護側には神原和彦《かんばらかずひこ》と、助手として卓也の遺体を発見した野田健一《のだけんいち》。判事役には成績が学年トップの井上康夫《いのうえやすお》。廷吏としてこれほどうってつけの人物はいないと思われる空手家のヤマシンこと山崎晋吾《やまざきしんご》。それに竹田和利《たけだかずとし》を始めとして陪審員たちが名乗りをあげる。この中で弁護士役の神原和彦はただ一人他校から参加した（Ⅱ・4）。彼は有名な東都大学附属中学に通う生徒であり、卓也がかつて通っていた滝沢塾での友人であった。（以上、7月20日から8月14日の間の出来事）。

第Ⅲ部は、学校の体育館を主たる舞台として中学生たちによる陪審員裁判の推移である。八月一五日、検察官の涼子が起訴事実を述べて裁判は始まる。わずか六日間の出来事ではあるが、しかしその内容は濃密であり、事態は二転三転する。果たして柏木は自殺を選んだのか、それとも誰かに殺されたのか。また当日二四日に柏木家に掛けられた五回の電話は誰が何の目的で掛けたものなのか。最終日思っても見なかった人物が証人席に着き、証言の中に事件の真相が明らかにされた。（以上、8月15日から20日まで）。

「ソロモン」とは『旧約聖書』の「列王記 上」第三章に登場するイスラエルの著名な王である。「ソロモンの栄華」というフレーズでも知られるが、一方では名裁判官としても伝えられている。夢で神に何が欲しいかと問われた時、民の訴えを聴き別け、〈善悪を弁別《わきまふ》ることを得さしめたまへ〉と答える。神は〈惟訟《ただうったへ》を聴き別《わ》る才智を求めたるによりて　視よ我汝の言に循《したが》ひて為せり〉と言ったという。幼子を巡っての女二人の訴えを裁いたエピソードが特に有名である。本作ではその「ソロモン」を「裁判に深く関わる者」といった意味で使っているようである。近年の裁判員裁判が始まったのは二〇〇九年からであるが、その準備は以前から始まっていた。本作は時代と伴走するかのように各所に社会の動きの反映が見られる。バブルによる地上げが背景にあるのも大きな要因であるが、それ以上に深部で関係していると思われるのは一九九七年、当時中学二年生だった少年の起こした神戸での痛ましい連続児童殺傷事件である。「柏木卓也の提案したゲームは、その封印を解いた」（Ⅲ・7）などは、「酒鬼薔薇聖斗」が現場に残した一文を自ずと想起させる。〈その〝最先端〟は、怖ろしく先が鋭いが脆《もろ》いものでできており、ある限られた期間だけ、時代の流れの一端がそこにあるのだろう〉（Ⅰ・1）という指摘は時代と共にその空気を吸っている証しであると思われる。そのように時代を見据えながらも、〈おまえがここにいてくれてよかった〉（Ⅲ・7）という神原和彦の養母の言葉はある重量感を伴って読む者に迫ってくるに違いない。核家族の時代の病は野田健一が両親を殺害しようとする計画（すんでのところで未遂に終わるが）が象徴している。ここには危機に瀕した多くの家庭が登場する。親子で「向き合う」こと、事件に「向き合う」こと、さらには自分に「向き合う」こと、それぞれが「真実に向き合う」プロセスを通して、父親・母親と息子・娘の、あるいは夫と妻の、きずなの再生する物語としても機能している。またこの作は「正義」というものの持つ危うさと恐ろしさが描かれている作品とも読めよう。〈完璧な直線が形づくられた。それは正義と復讐の、二点間を最短距離で結んだ線〉（Ⅰ・15）は大変危険な言葉である。大出たちにいじめられ続けた三宅樹理に限らず、学校に対して強いこだわりを抱くジャーナリスト茂木悦男《もぎえつお》、また二年A組の担任森内恵美子《もりうちえみこ》の隣に住む垣内美奈絵《かきうちみなえ》も自らの傷が「正義」という仮面を被る点には特に留意しておく必要があるだろう。のみならず「噂」という得たいの知れない容疑で糾弾される「魔女狩り」。卓也が実物を見たいといった〈ブリューゲルの、〈絞首台の上のカササギ〉〉という絵について、美術の丹野《たんの》教諭は〈確たる証拠がなくただ悪意や恐怖だけに裏打ちされた嘘や密告で、多くの無辜の人びとが無惨に処刑されていった〉（Ⅲ・3）という絵解きをしているのは偶然ではない。

本作の初出は「小説新潮」である。二〇〇二年一〇月号から二〇一一年一一月号まで一〇七回にわたって掲載された。この初出本文をもとに単行本では、三部に分け、新潮社より「第Ⅰ部‐事件」（12年8月）、「第Ⅱ部‐決意」（同年9月）、「第Ⅲ部‐法廷」（同年10月）として刊行されている（最終章「二〇一〇年、春」は書き足された）。第一回の雑誌発表から単行本刊行までほぼ一〇年の歳月が掛かっている。そのことが大きく関係していると思われるが、単行本収録にあたって構想は少なからず変更されたようである。それは連載が開始された第一回目を見るとよくわかる。初出では中学卒業後〈九年ぶりの再会〉（事件からすると10年後）から始まる。〈永代橋のたもと〉にある〈コーヒーショップ〉に裁判に関わったかつての中学生が集まる。彼らはすでに二〇代半ばに近い青年男女となっている。涼子は大学の法学部を経て現在大学院生である（今では煙草も吸う大人である）。野田健一は単行本収録時に付加された第Ⅲ部最終章では母校の城東第三中学校に勤めることになり、挨拶に出向いた校長室で本作は閉じられる。が、初出では〈埼玉県の公立の小学校で教師〉をしている。かつての裁判の時には〈陪審員長〉をやっていた。〈野田健一は思い出した。そういえば、あの日も雷雨だった。公判の九日目、最後のひとりの証人、誰もが予想していなかった最強の証人が現れた日。検察側反対尋問のあいだじゅう雷鳴が轟き、叩きつけるような強い雨が降っていたっけ。この一ヶ月、何度となくあの夏休みの十日間を思い返していたけれど、あの大雨のことは忘れていた〉と。当初、裁判は〈十日間〉開かれ、〈九日目〉に決定的な証言が飛び出したのだった。また、涼子の母邦子《くにこ》より三歳年長で彼女の開設した事務所の共同経営者であり、弁護士でもある巽敦子《たつみあつこ》は単行本では登場しない。初出では邦子は委任状を書き、それを持って敦子は保護者集会へ出席している。従って単行本での邦子の動きや感慨は当初敦子のそれであった。おそらく「向き合う」ということに、より忠実にストーリーを進める上での改変だったかのようである。

本作品は現代と切り結ぶ多くの社会問題を提起しながら、大人以上に優れた立派な裁判を中学生の自主的な力で実現させていく過程を描いている。作中で二回開かれる保護者集会。その見るに耐えない混乱ぶりに比べるとなんという大きな違いであろうか。確かに事件そのものはやりきれない思いを抱かせる。しかし一方では読者は誰しもこの裁判を進めていく涼子や和彦やまた健一、それにヤマシンなど、こうした友だちのいる中学校生活を送ってみたかったと思うだろう。「涼風」のそよぐ作品となっている。

（佛教大学教授）

宮部みゆき　主要参考文献

飯塚　陽・岡崎晃帆

単行研究書

野崎六助『宮部みゆきの謎　最強の女流ミステリを徹底分析する』（情報センター出版局、96・6）

朝日新聞社文芸編集部『まるごと宮部みゆき』（朝日新聞社、02・8→改訂文庫化、04・8）

中島　誠『宮部みゆきが読まれる理由』（現代書館、02・11）

歴史と文学の会『宮部みゆきの魅力』（勉誠出版、03・4）

別冊宝島編集部『僕たちの好きな宮部みゆき』（宝島社、03・8→改訂文庫化、06・2）

小澤忠恭・福田浩『宮部みゆきの江戸レシピ』（ぴあ、06・3）

篠賀典子・芹澤健介・大西史恵『宮部みゆき全小説ガイドブック』（洋泉社、11・4）

単行本収録文献

濤岡寿子「宮部みゆき論―語りと灯」（笠井潔編『本格ミステリの現在』国書刊行会、97・9）

笠井　潔「家族と空洞―宮部みゆき『理由』」（『物語の世紀末　エンターテインメント批評宣言』集英社、99・4）

中島　誠「第7章　女性作家の新しい魅力」（『遍歴と興亡　二十一世紀時代小説論』講談社、01・1）

花崎育代「宮部みゆき」（川村湊・原善編『現代女性作家研究辞典』鼎書房、01・9）

寺田　博「第3章　時代小説の変容」（『時代小説の勘どころ』河出書房新社、08・4）

北上次郎・大森望「『孤宿の人』『楽園』」（『読むのが怖い！―帰ってきた書評漫才～激闘編』ロッキング・オン、08・4）

野崎六助「宮部みゆき『霊験お初捕物控　震える岩』」（『捕物帖の百年　歴史の光と影』彩流社、10・7）

縄田一男「『幻色江戸ごよみ』『初ものがたり』『あかんべえ』」（『日経時代小説時評―1992～2010』日本経済新聞出版、11・9）

北上次郎・大森望「『小暮写眞館』『あんじゅう』『おまえさん』」（『読むのが怖い！Z―日本一わがままなブックガイド』ロッキング・オン、12・7）

雑誌特集

「〈「クロスファイア」映画化特別企画〉希代の語り部　宮部

みゆきの世界」（「キネマ旬報」00・6・15）

「〈特集〉まるごと宮部みゆき」（「一冊の本」02・3）

「〈特集〉宮部みゆき『ぼんくら』『日暮らし』の世界」（「IN・POCKET」05・2）

「宮部みゆきを読みつくす」（「ダ・ヴィンチ」08・8）

「宮部みゆき最新時代ミステリー徹底ガイド」（「IN・POCKET」11・9）

「〈特集〉宮部みゆき「時代小説」の世界」（「文蔵」13・3）

論文・評論

高野庸一「宮部みゆき・『理由』のわけ」（「新日本文学」03・3）

高橋敏夫「「ホラー的なもの」のゆくえ—宮部みゆき『模倣犯』と小野不由美『屍鬼』とのあいだに」（「新日本文学」03・3）

平井修成「宮部みゆき『理由』に見る都市の表象」（「常葉学園短期大学紀要」03・12）

八木千恵子「宮部みゆきとR.P.G.—「役割」から「関係」へ」（「女性学年報」04・11）

谷川充美「家を買う父—宮部みゆき『火車』、『理由』における父親像から」（「安田女子大学大学院文学研究科紀要合冊」07・3）

大塚美保「宮部みゆき『理由』に見る〈家〉とジェンダー」（『文化表象を読む：ジェンダー研究の現在：お茶の水女子大学21世紀COEプログラムジェンダー研究のフロンティア成果報告』08・3）

田中雅史「文学作品とエディプス的・前エディプス的な同一化—宮部みゆき『ブレイブ・ストーリー』その他を使った試論」（「甲南大学紀要」08・3）

桂　綾子「宮部みゆき『火車』にみる現代社会」（「文化環境研究」08・3）

田中雅史「アイデンティティの揺らぎを抱え合う少年達—『龍は眠る』（宮部みゆき）、『鉄コン筋クリート』（松本大洋）、『少年アリス』（長野まゆみ）に見られる影の統合と融合するアイデンティティ」（「甲南大学紀要」11・3）

水藤新子「感覚表現とサスペンス—宮部みゆき「殺し屋」冒頭を対象に」（「中央学院大学人間・自然論叢」11・7）

書評・解説・その他

井沢元彦「デッサンの豊かさ、構成の妙『魔術はささやく』」（「波」89・12）

茶木則雄「〈ホンの立ち読み〉『魔術はささやく』」（「週刊大衆」90・1・22）

田中　学「〈それでも期待の'92活躍人名鑑〉ミステリー作

家・宮部みゆき」（「自由時間」91・12・19）
野崎六助「〈サンデーらいぶらりぃ〉『かまいたち』」（「サンデー毎日」92・3・1）
関口苑生「〈GENDAI LIBRARY〉『火車』」（「週刊現代」92・8・29）
佐山アキラ「〈乱読大全〉『火車』」（「宝島」92・9・9）
小杉健治「〈文春図書館〉『火車』」（「週刊文春」92・9・17）
北上次郎「〈サンデーらいぶらりぃ〉『とり残されて』」（「サンデー毎日」92・10・25）
向井　敏「〈週刊図書館〉『火車』」（「週刊朝日」93・2・26）
小森　収「〈サンデーらいぶらりぃ〉『ステップファザー・ステップ』」（「サンデー毎日」93・5・23）
和田　豊「〈VARIETY books〉『ステップファザー・ステップ』」（「アサヒグラフ」93・7・2）
中田浩作「〈BOOK STREET〉『火車』」（「Voice」93・8）
高橋敏夫「「火車」追走—松本清張と宮部みゆき」（「すばる」93・11）
北村　薫「〈サンデーらいぶらりぃ〉『震える岩　霊験お初捕物控』」（「サンデー毎日」93・11・14）
長谷部史親「〈文春図書館〉『震える岩　霊験お初捕物控』」（「週刊文春」93・11・25）
白石公子「〈VIEWS図書館〉『淋しい狩人』」（「VIEWS」93・12・22）
刀祢館正明「各界6人の「新ニッポン人」」（「AERA」94・1・17）
林家木久蔵「〈Books〉『幻色江戸ごよみ』」（「エルメディオ」94・10・15）
新保博久「〈94年この文章がすごい！〉『地下街の雨』」（「鳩よ！」95・1）
大沢在昌・篠田節子・北村薫「宮部みゆきのミステリー作法」（「鳩よ！」95・6）
永野啓六「〈本のレストラン〉『初ものがたり』」（「週刊宝石」95・8・31）
佐野　洋「〈金曜書評〉『人質カノン』」（「週刊金曜日」96・2・23）
鴨下信一「〈文春図書館〉『人質カノン』」（「週刊文春」96・3・7）
西上心太「〈東京ミステリを追え！〉『夢にも思わない』」（「東京人」96・9）
吉野　仁「〈現代ライブラリー〉『蒲生邸事件』」（「週刊現代」96・10）
金田浩一呂「〈サンデーらいぶらりぃ〉『蒲生邸事件』」（「サンデー毎日」96・11・10）
千街晶之「〈週刊図書館〉『蒲生邸事件』」（「週刊朝日」

96・11・15）
金子のぶお「〈AMUSE 缶〉『蒲生邸事件』」（「アミューズ」96・11・27）
山口　猛「〈放送文化堂〉『蒲生邸事件』」（「放送文化」97・2）
向井　敏「〈BOOKS〉『蒲生邸事件』」（「東京人」97・2）
ヤンソン柳沢由実子「〈きんようぶんか〉『堪忍箱』」（「週刊金曜日」97・3・28）
大津波悦子「〈女が書いたミステリー〉『パーフェクト・ブルー』『我らが隣人の犯罪』他」（「LEE」97・5）
北上次郎「〈BOOK REVIEW〉『天狗風』」（「週刊読売」97・12・21）
中島　誠「〈時代小説の逸品〉『震える岩』」（「ビジネス・インテリジェンス」98・01）
縄田一男「〈サンデーらいぶらりぃ〉『天狗風　霊験お初捕物控〈二〉』」（「サンデー毎日」98・1・11）
嶋津靖人「〈小説、バラせばわかる〉『火車』」（「鳩よ！」98・3）
吉野　仁「〈現代ライブラリー〉『理由』」（「週刊現代」98・6・13）
池上冬樹「〈サンデーらいぶらりぃ〉『理由』」（「サンデー毎日」98・6・28）
吉野　仁「〈AMUSEMENT PARK BOOKS〉『理由』」（「アミューズ」98・7・8）
後藤勝利「〈読断 BOOK〉『理由』」（「スコラ」98・7・8）
中条省平「〈仮性文藝時評〉『理由』」（「論座」98・8）
西木正明「〈文春 BOOK 倶楽部〉『理由』」（「文芸春秋」98・8）
仲英　宏「〈BOOK〉『理由』」（「鳩よ！」98・8）
笠井　潔「〈エンターテインメント情勢分析〉『理由』」（「すばる」98・8）
浜　美雪「〈本のエッセンス〉『理由』」（「現代」98・8）
川本三郎「〈新・都市の感受性〉「豊かな社会」の終わり『理由』」（「新・調査情報」98・9）
池内紀・岸本葉子・関川夏央「〈鼎談書評〉『理由』」（「本の話」98・9）
香山二三郎「〈潮ライブラリー〉『理由』」（「潮」98・9）
北上次郎「〈現代ライブラリー〉『クロスファイア（上・下）』」（「週刊現代」98・11・14）
小林哲夫「〈日本語教育界を追う〉宮部みゆき作品から学ぶ日本事情」（「月刊日本語」99・1）
川本三郎「〈ミステリー小説の東京〉宮部みゆきと下町風景」（「東京人」99・5）
吉野朔実「〈吉野朔実が選んだ「日本の犯罪を考える」10冊〉

『火車』」（「ダ・ヴィンチ」00・2）
菊池　仁「〈現代ライブラリー〉『ぼんくら』」（「週刊現代」00・5・6）
川本三郎「〈「クロスファイア」映画化特別企画〉宮部みゆき　ボーイッシュな魅力」（「キネマ旬報」00・6・15）
北川れい子「〈「クロスファイア」映画化特別企画〉著作リスト」（「キネマ旬報」00・6・15）
櫻井秀勲「〈現代女流作家への招待〉小川洋子・篠田節子・宮部みゆきとその作品」（「図書館の学校」00・9）
紀田保輔「〈読まずにすませるベストセラー〉『あやし～怪～』」（「新潮45」01・2）
林真理子「〈大人の女になるための読書ファイル〉『火車』」（「CREA」01・3）
吉野　仁「〈現代ライブラリー〉『模倣犯（上・下）』」（「週刊現代」01・4・28）
保前信英「〈文庫主義〉『心とろかすような』」（「週刊朝日」01・6・1）
香山二三郎「〈潮ライブラリー〉『模倣犯』」（「潮」01・7）
大森　望「〈現代ライブラリー〉『ドリームバスター』」（「週刊現代」01・12・22）
中島　誠「〈時代小説の逸品〉『堪忍箱』」（「ビジネス・インテリジェンス」02・2）
榊　東行「〈時差ボケ読書日誌〉『このミス』とノーベル経済学賞と『模倣犯』」（「小説時代」02・2）
斎藤美奈子「〈百万人の読書〉『模倣犯』」（「別冊百科」02・5）
池上冬樹「〈本の時間〉『贈る物語 Terror』」（「プレジデント」02・12・30）
大森　望「〈スペシャルブックガイド〉『蒲生邸事件』」（「小説すばる」03・1）
大原まり子「〈現代ライブラリー〉『ブレイブ・ストーリー（上・下）』」（「週刊現代」03・3・22）
井狩春男「〈ベストセラー鑑定人・井狩春男のこの本が売れる理由〉『ブレイブ・ストーリー（上・下）』」（「編集会議」03・7）
森真沙子「〈現代ライブラリー〉『誰か』」（「週刊現代」03・12・6）
高橋敏夫「〈潮ライブラリー〉『誰か』」（「潮」04・1）
野村正樹「〈サンデーらいぶらりぃ〉『誰か』」（「サンデー毎日」04・1・18）
大林宣彦・林真理子「〈マリコのここまで聞いていいのかな〉映画『理由』」（「週刊朝日」04・12・17）
大林宣彦・石森史郎「掲載シナリオ『理由』」（「シナリオ」05・2）

佐藤忠男「〈週刊図書館〉『日暮らし』」（「週刊朝日」05・2・4）
細谷正充「〈サンデーらいぶらりぃ〉『日暮らし』」（「サンデー毎日」05・2・6）
清原康正「〈新世紀文学館〉宮部みゆきの江戸ワールド」（「新刊展望」05・3）
関口苑生「〈本のエッセンス〉『日暮らし』」（「現代」05・3）
山本亮介「〈新しい書き手たち〉『蒲生邸事件』」（「早稲田文学」05・5）
縄田一男「〈週刊図書館〉『孤宿の人』」（「週刊朝日」05・8・12）
縄田一男「〈夏休みお薦めガイド　Book Selection〉『孤宿の人』」（「週刊新潮」05・8・18）
佳多山大地「〈80年代生まれ（ジ・エイティーズボーン）とミステリーを読む〉『火車』」（「本の窓」06・6）
児玉　清「〈現代ライブラリー〉『名もなき毒』」（「週刊現代」06・9・30）
千街晶之「〈サンデらーいぶらりぃ〉『名もなき毒』」（「サンデー毎日」06・10・1）
香山二三郎・杉江松恋「〈Dacapo Book Store ミステリー・クロスレビュー　国内編〉『名もなき毒』」（「ダカーポ」06・10・4）
穂村　弘「〈文春BOOK倶楽部〉『名もなき毒』」（「文藝春秋」06・11）
紀田伊輔「〈読まずにすませるベストセラー・リターンズ〉『名もなき毒』」（「新潮45」06・11）
大崎善生「〈本のエッセンス〉『名もなき毒』」（「現代」06・12）
長谷部史親「〈1990年人気作家のブレイク前夜〉『龍は眠る』」（「IN・POCKET」06・12）
宇都宮健児「〈とにかく面白かったこの1冊〉『火車』」（「サライ」07・4・19）
Kingston Jeff・高山真由美訳「宮部みゆきに見る現代日本『R.P.G.』」（「ミステリマガジン」07・6）
山村基毅「〈サンデーらいぶらりぃ〉『楽園』」（「サンデー毎日」07・9・9）
千街晶之「〈週刊図書館〉『楽園』」（「週刊朝日」07・9・14）
麻木久仁子「〈文春BOOK倶楽部〉『楽園』」（「文藝春秋」07・10）
池上冬樹「〈潮ライブラリー〉『楽園』」（「潮」07・10）
山村基毅「〈サンデーらいぶらりぃ〉『おそろし　三島屋変調百物語事始』」（「サンデー毎日」08・8・24）
高橋敏夫「〈現代ライブラリー〉『おそろし　三島屋変調百物語事始』」（「週刊現代」08・9・6）

川越憲治「〈初秋随想〉宮部みゆきの「火車」（上）」（「公正取引情報」08・9・29）
北上次郎「〈Book〉『おそろし』」（「週刊読売」08・10・5）
川越憲治「〈初秋随想〉宮部みゆきの「火車」（下）」（「公正取引情報」08・10・6）
角山祥道「〈角山祥道のベストセラーを読み解く〉『おそろし』」（「ラピタ」08・12）
三宮麻由子「〈文字の向こうに〉『龍は眠る』『楽園』」（「文學界」08・12）
畠中　恵「〈時代小説が、いま元気だ！〉『初ものがたり』」（「小説すばる」09・2）
平井　玄「〈脱貧困への想像力〉大江戸階級社会の怪しさ」（「小説トリッパー」09・3）
高橋敏夫「〈現代ライブラリー〉『英雄の書（上・下）』」（「週刊現代」09・3・7）
大森　望「〈文春図書館〉『英雄の書』」（「週刊文春」09・3・19）
山村基毅「〈サンデーらいぶらりぃ〉『小暮写眞館』」（「サンデー毎日」10・6・20）
藤田香織「〈新刊の書棚〉『小暮写眞館』」（「一個人」臨時増刊号、10・8）
北上次郎「〈現代ライブラリー〉『あんじゅう』」（「週刊現代」10・9・4）
杉江松恋「〈特集 200％充実！ 小すばミステリーワールド！〉『誰か』『名もなき毒』」（「小説すばる」10・10）
櫻井澄夫「〈叢談　カードの世紀〉宮部みゆきと宇都宮健児」（「月刊消費者信用」10・12）
笹川吉晴「〈エンターテインメント最前線〉ゼロ年代ホラー・怪談を中心に」（「大衆文学研究」11・2）
松田哲夫「〈今月の新刊〉『ばんば憑き』」（「本の旅人」11・3）
細谷正充「〈現代ライブラリー〉『ばんば憑き』」（「週刊現代」11・3・12）
山村基毅「〈サンデーらいぶらりぃ〉『ばんば憑き』」（「サンデー毎日」11・3・27）
北上次郎「謎解きだけでは終わらない宮部ワールド」（「IN・POCKET」11・9）
高橋敏夫「〈現代ライブラリー〉『おまえさん（上・下）』」（「週刊現代」11・10・22）
山村基毅「〈サンデーらいぶらりぃ〉『おまえさん』」（「サンデー毎日」11・11・13）
吉永南央「〈私を変えたこの1冊〉『火車』」（「小説トリッパー」11・12）
米光一成「〈本を読む〉『ここはボツコニアン』」（「青春

と読書」12・3）
毛利佑介「怪談えほん『悪い本』」（「おおしま絵本文化」12・8）
吉田伸子・杉江松恋・大森望「『ソロモンの偽証』完結記念座談会」（「波」12・11）
佳多山大地「〈文春図書館〉『ソロモンの偽証　第1～3部』」（「週刊文春」12・11・15）
杉江松恋「〈ミステリちゃんが行く！〉評論篇　宮部みゆきの視線の先にあるものは」（「ハヤカワミステリマガジン」13・3）
末國善己「ブックガイド「闇」と「光」を描く時代小説作品16」（「文蔵」13・3）

対談

高村　薫「今夜もミステリーで眠れない」（「週刊ポスト」93・1・29）
桂　三枝「三枝のホンマでっか」（「週刊読売」93・6・13）
林真理子「〈林真理子の著者と語る〉『ステップファザー・ステップ』」（「月刊Asahi」93・7）
高村　薫「私流ミステリーの作り方」（「週刊朝日」93・7・30）
小宮悦子「小宮悦子のおしゃべりな時間」（「サンデー毎日」94・4・3）
大沢在昌「犯罪と異常心理」（「サンデー毎日」95・1・22）
ロバート・K・レスラー「現代殺人論　食人鬼からオウムまで」（「VIEWS」95・9）
室井　滋「おかめ転けたら何を見る」（「CREA」97・7）
阿刀田高「短編小説の「アイデアを捜せ」」（「本の話」96・2）
佐々木譲「キングはホラーの帝王」（「波」98・3）
阿川佐和子「阿川佐和子のこの人に会いたい」（「週刊文春」98・7・2）
室井　滋「女ふたりで「アヤシイ」話」（「週刊文春」99・1・14）
井上ひさし「物語を信じて」（「小説時代」99・4）
長部日出雄「対談」（「本とコンピュータ」99・7）
室井　滋「原稿書きはどこでする？」（「本の話」00・5）
金子修介「〈クロスファイア〉映画化特別企画〉対談」（「キネマ旬報」00・6・15）
荒俣　宏「江戸の「怪」」（「本の旅人」00・8）
京極夏彦「妖怪と心の闇をのぞく」（「歴史読本」00・9）
北村　薫「時を超えて結ばれる魂」（「波」01・1）

坂東眞砂子「江戸の女は私たちよりも幸せ」（「IN・POCKET」01・6）
清水義範「ミステリーはこのようにして作られる」（「青春と読書」01・9）
高野和明「風水で江戸川乱歩賞を取る方法」（「小説時代」01・9）
林真理子「マリコのここまで聞いていいのかな」（「週刊朝日」01・9・14）
寺尾正大「最大のミステリー「現代の犯罪」を解く」（「オブラ」01・12）
森田芳光「『模倣犯』―2つのラスト」（「週刊ポスト」02・6・21）
菊池　聡「クリティカルシンキングって何だ?」（「小説宝石」02・9）
山本博文「江戸へのいざない　捕物帳の魅力」（「歴史読本」02・10）
宮城谷昌光「「言葉」の生まれる場所」（「本の話」02・12）
浅田次郎「啖呵切るご先祖様ぞ道標」（「小説すばる」03・1）
大森　望「宮部みゆき初のファンタジーの秘密」（「本の旅人」03・3）
浦沢直樹「エンターテインメントに夢中!」（「週刊ポスト」03・5・23）
大林宣彦「「理由」映画化記念対談」（「週刊朝日」04・4・23）
宇都宮健児「ヤミ金　オレオレ　オウムの世界」（「論座」04・5）
山本博文「「山本博文教授の江戸学講座」（「歴史街道」04・5）
山本博文「「山本博文教授の江戸学講座」（「歴史街道」04・11）
小松左京「目学問、耳学問のすすめ」（「小説宝石」04・11）
奥泉　光「清張さんの原風景」（「オール讀物」04・11）
半藤一利「「昭和の巨人」松本清張ルネサンス」（「文藝春秋」05・3）
山本博文「山本博文教授の江戸学講座」（「歴史街道」05・5）
北方謙三「〝歴史〟を描く、〝時代〟を描く」（「新刊ニュース」05・9）
篠田節子「Q．お2人がプロをめざしたきっかけは?」（「小説すばる」05・12）
山本一力「「江戸っ子的」粋な生活の愉しみ方」（「文蔵」06・1）

半藤一利「半藤一利の賢者の先見」（「Fole」06・2）
山本博文・逢坂剛「山本博文教授の江戸学講座」（「歴史街道」06・7）
北村　薫「愉しく選んだ歴代12篇　名短篇はここにある」（「小説新潮」06・11）
京極夏彦「〈江戸の怪〉耳袋と江戸の怪」（「幽」07・1）
宮城谷昌光「つながりゆく文学の系譜」（「小説新潮」07・4）
大沢在昌「作家になること、作家であること」（「小説すばる」07・10）
半藤一利・佐野眞一「受け継がれる志「同郷・同好・同朋」を語る」（「現代」08・1）
佐野　洋「「短編小説」を〝読む〟楽しみ〝書く〟楽しみ」（「IN・POCKET」08・1）
北村　薫「この面白さがわかれば、小説が書けます！」（「波」08・6）
宮城谷昌光「カッコいい篤姫、女性に優しい信長」（「週刊文春」08・6・5）
北村　薫「対談」（「ダ・ヴィンチ」08・8）
矢野　隆「おもしろくて、恰好いい活劇を！」（「青春と読書」09・2）
北村　薫「〈特集　松本清張　誕生100年〉そこに光を当てるために」（「小説新潮」09・5）
風間賢二「文庫創刊50周年記念　特別対談」（「ミステリーズ！」09・10）
大沢在昌・京極夏彦「生誕100年　よみがえる松本清張」（「オール讀物」09・10）
半藤一利「やっぱり、歴史はおもしろい」（「オール讀物」10・2）
松田哲夫「〈松田哲夫の著者の魅力にズームアップ！〉『小暮写眞館』」（「新刊ニュース」10・8）
杉本章子「江戸のしあわせ」（「オール讀物」11・11）

インタビュー

――「〈Books〉『魔術はささやく』」（「アサヒ芸能」90・1・25）
――「〈GENDAI LIBRARY〉『本所深川ふしぎ草紙』」（「週刊現代」91・5・25）
――「〈ひと本ひと〉『今夜は眠れない』」（「週刊朝日」92・4・3）
――「『長い長い殺人』」（「週刊プレイボーイ」92・2・27）
――「〈熱血書想倶楽部〉『火車』」（「SAPIO」93・2・25）
河野良武「〈読者代表が質問する〉『ステップファザー・

ステップ』」（「VIEWS」93・6・25）
大森　望「〈MARCO INTERVIEW〉」（「マルコポーロ」93・8）
――「〈BOOKS〉『震える岩』」（「アサヒ芸能」93・11・25）
――「〈著者インタビュー〉『震える岩』」（「現代」93・12）
――「〈BOOK INTERVIEW〉『地下街の雨』」（「WITH」94・8）
――「〈Book Review〉『幻色江戸ごよみ』」（「LEE」94・10）
――「宮部みゆきのミステリー作法」（「鳩よ！」95・6）
――「〈HON・本・ほん〉『初ものがたり』」（「アサヒ芸能」10・5）
――「〈現代ライブラリー〉『天狗風　霊験お初捕物控〈二〉』」（「週刊現代」98・2・14）
――「〈POSTブック・ワンダーランド　著者に訊け！〉『理由』」（「週刊ポスト」98・7・24）
――「〈書想インタビュー〉『理由』」（「SAPIO」98・8・5）
――「タイトルが決まるまで『ぼんくら』」（「本」00・5）
――「宮部みゆきが初めて明かす『模倣犯』執筆5年間の葛藤」（「週刊ポスト」01・4・20）
――「〈INTERVIEW　気になる著者との60分〉『模倣犯』」（「THE21」01・6）
――「〈特集〉心のなかのことはわからない」（「一冊の本」02・3）
――「〈POSTブック・ワンダーランド　著者に訊け！〉『ブレイブ・ストーリー』」（「週刊ポスト」03・4・25）
謡口早苗「〈天才作家たちが10代の魂を描く理由〉『ブレイブ・ストーリー』」（「ダ・ヴィンチ」03・5）
――「『ブレイブ・ストーリー』」（「小説現代」03・5）
大山博康「原作者が語る〈茂七〉の魅力と時代小説　NHK金曜時代劇『茂七の事件簿　ふしぎ草子』」（「時代劇マガジン」03・8）
――「〈現代ライブラリー〉『ICO―霧の城』」（「週刊現代」04・7・10）
――「〈現代ライブラリー〉『日暮らし（上・下）』」（「週刊現代」05・1・22）
北上次郎「〈特集〉『ぼんくら』『日暮らし』の世界」（「IN・POCKET」05・2）
――「〈文春図書館〉『日暮らし』」（「週刊文春」05・2・4）
大林宣彦「〈旬people〉映画『理由』」（「週刊実話」05・2・10）
――「〈POSTブック・ワンダーランド　著者に訊け！〉『孤宿の人（上・下）』」（「週刊ポスト」05・9・16）

――「〈インタビュー〉」（「文蔵」06・7）
――「〈文春図書館〉『名もなき毒』」（「週刊文春」06・10・5）
樺山美夏「〈幻冬舎の本〉『名もなき毒』」（「GOETHE」06・12）
――「〈文春図書館〉『名もなき毒』」（「週刊文春」06・12・14）
――「〈著者インタビュー〉思春期の子供の「可能性」と「悲しさ」」（「本の話」07・8）
――「小説家・宮部みゆきの素顔を知る20の質問」（「ダ・ヴィンチ」08・8）
――「〈ポスト・ブック・レビュー　著者に訊け〉『おそろし　三島屋変調百物語事始』」（「週刊ポスト」08・9・12）
――「〈サンデーらいぶらりぃ〉『英雄の書』」（「サンデー毎日」09・3・8）
――「物語の罪と罰に迫る『英雄の書』」（「野性時代」09・4）
――「『小暮写眞館』」（「IN・POCKET」10・5）
木村俊介「『小暮写眞館』刊行記念インタビュー」（「小説現代」10・6）
――「〈現代ライブラリー〉『小暮写眞館』」（「週刊現代」10・6・26）
――「〈文春図書館〉『小暮写眞館』」（「週刊文春」10・8・19）
――「宮部みゆきさん「三島屋変調百物語」シリーズへの想いを語る」（「歴史読本」10・10）
兵庫慎司「宮部みゆき」（「SIGHT」10・11）
大森　望「〈本が好き！〉『チヨ子』『スナーク狩り』『長い長い殺人』『鳩笛草』『クロスファイア（上・下）』」（「小説宝石」11・8）
――「平四郎と弓之助を巡る人々」（「IN・POCKET」11・9）
――「〈刊行開始記念インタビュー〉『ソロモンの偽証　第I部　事件』」（「波」12・9）
杉江松恋「〈ミステリちゃんが行く！〉インタヴュー篇」（「ハヤカワミステリマガジン」13・3）
――「インタビュー」（「文蔵」13・3）

（飯塚　陽・専修大学大学院生）
（岡崎晃帆・明治大学大学院生）

宮部みゆき　年譜

春日川諭子

一九六〇（昭和三十五）**年**

十二月二十三日、東京都江東区深川生まれ。

一九七五（昭和五十）**年**　**十五歳**

江東区立深川第四中学校卒業。

一九七八（昭和五十三）**年**　**十八歳**

東京都立墨田川高等学校卒業。中根速記学校で速記を学ぶ。

一九八三（昭和五十八）**年**　**二十三歳**

法律事務所に勤務しながら小説を書き始める。

一九八四（昭和五十九）**年**　**二十四歳**

講談社フェーマススクール・エンタテイメント小説教室に通う。

一九八七（昭和六十二）**年**　**二十七歳**

十二月、「我らが隣人の犯罪」で第二十六回オール讀物推理小説新人賞受賞。

一九八八（昭和六十三）**年**　**二十八歳**

四月、「かまいたち」で第十二回歴史文学賞佳作受賞。

一九八九（平成元）**年**　**二十九歳**

二月、『パーフェクト・ブルー』（東京創元社）刊行。十二月、『魔術はささやく』（新潮社）刊行。第二回推理サスペンス大賞受賞。

一九九〇（平成二）**年**　**三十歳**

一月、『我らが隣人の犯罪』（文藝春秋）刊行。所収の「サボテンの花」で第43回日本推理作家協会賞（短編および連作短編集部門）候補。四月、『東京《ウォーター・フロント》殺人暮色』（光文社）刊行。九月、『レベル7』（新潮社）刊行。

一九九一（平成三）**年**　**三十一歳**

二月、『龍は眠る』（出版芸術社）刊行。第四十五回日本推理作家協会賞（長編部門）受賞、第百五回直木賞候補。四月、『本所深川ふしぎ草紙』（新人物往来社）刊行。第十三回吉川英治文学新人賞を受賞。十月、『返事はいらない』（実業之日本社）刊行。第百六回直木賞候補。

一九九二（平成四）**年**　**三十二歳**

一月、『かまいたち』（新人物往来社）刊行。二月、『今夜は眠れない』（中央公論新社）刊行。六月、『スナーク狩り』（光文社）刊行。七月、『火車』（双葉社）刊行。第六回山本周五郎賞受賞。九月、『長い長い殺人』（光文社）、『とり残されて』（文藝春秋）刊行。十二月、『パーフェクト・ブルー』（創元推理文庫）刊行。

一九九三（平成五）年　**三十三歳**

一月、『我らが隣人の犯罪』（文春文庫）、『魔術はささやく』（新潮文庫）刊行。三月、『ステップファザー・ステップ』（講談社）刊行。九月、『レベル7』（新潮文庫）、『震える岩　霊験お初捕物控』（新人物往来社）刊行。十月、『淋しい狩人』（新潮社）刊行。

一九九四（平成六）年　**三十四歳**

四月、『地下街の雨』（集英社）刊行。七月、『幻色江戸ごよみ』（新人物往来社）刊行。十月、『東京下町殺人暮色』（光文社文庫『東　京《ウオーター・フロント》殺人暮色』改題）刊行。十二月、『返事はいらない』（新潮文庫）刊行。

一九九五（平成七）年　**三十五歳**

二月、『龍は眠る』（新潮文庫）刊行。四月、『夢にも思わない』（中央公論社）刊行。七月、『初ものがたり』（PHP研究所）刊行。九月、『本所深川ふしぎ草紙』（新潮文庫）、『鳩笛草』（光文社カッパ・ノベルス）刊行。十二月、『とり残されて』（文春文庫）刊行。

一九九六（平成八）年　**三十六歳**

一月、『she was worth』（『火車』英訳。アルフレッド・バーンバウム訳、講談社インターナショナル）刊行。『人質カノン』（文藝春秋）が第一一五回直木賞候補。七月、『ステップファザー・ステップ』（講談社文庫）刊行。十月、『かまいたち』（新潮文庫）、『今夜は眠れない』（中央公論社C★NOVELS）、『蒲生邸事件』（毎日新聞社）刊行。『蒲生邸事件』で第十八回日本SF大賞受賞および第一一六回直木賞候補。『堪忍箱』（新人物往来社）刊行。

一九九七（平成九）年　**三十七歳**

二月、『淋しい狩人』（新潮文庫）刊行。三月、『初ものがたり』（PHP文庫）刊行。五月、長い長い殺人事件』（光文社カッパ・ノベルス）刊行。六月、『スナーク狩り』（光文社文庫）刊行。九月、『震える岩　霊験お初捕物控』（講談社文庫）刊行。十月、『夢にも思わない』（中央公論社C★NOVELS）刊行。十一月、『天狗風　霊験お初捕物控二』（新人物往来社）、『心とろかすようなーマサの事件簿』（東京創元社）刊行。

一九九八（平成十）年　**三十八歳**

二月、『火車』（新潮文庫）刊行。六月、『理由』（朝日新聞社）刊行。第一二〇回直木三十五賞受賞。第十七回日本冒険小説協会大賞国内部門一位。『平成お徒歩《かち》日記』（新潮社）刊行。九月、『幻色江戸ごよみ』（新潮文庫）刊行。十月、『地下街の雨』（集英社文庫）、『ク

ロスファイア』（光文社カッパ・ノベルス）刊行。十一月、『今夜は眠れない』（中公文庫）刊行。

一九九九（平成十一）**年**　**三十九歳**

一月、『蒲生邸事件』（光文社カッパ・ノベルス）刊行。五月、『夢にも思わない』（中公文庫）刊行。六月、『長い長い殺人』（光文社文庫）刊行。九月、『初ものがたり』（新潮文庫）刊行。『本所深川ふしぎ草紙』が松竹制作で舞台化。（大場正昭演出）

二〇〇〇（平成十二）**年**　**四十歳**

四月、『チチンプイプイ』（室井滋著との共著、文藝春秋）、『鳩草笛―燔祭・朽ちてゆくまで』（光文社文庫）、『ぼんくら』（講談社）刊行。六月十日、映画『クロスファイア』公開。（金子修介監督）七月、『あやし～怪～』（角川書店）刊行。十月、『蒲生邸事件』（文春文庫）刊行。

二〇〇一（平成十三）**年**　**四十一歳**

一月、『平成お徒歩日記』（新潮文庫）刊行。四月、『心とろかすような―マサの事件簿』（東京創元社文庫）、『模倣犯』（小学館）刊行。第五十五回毎日出版文化賞特別賞、平成十三年度第五十二回芸術選奨文部大臣賞文学部門、第五回司馬遼太郎賞受賞。「このミステリーがすごい！」第一位、「週刊文春ミステリーベスト10」第一位、「ダ・ヴィンチBOOK OF THE YEAR」総合ランキング第一位。『パーフェクト・ブルー』（創元社文庫新装版）刊行。六月、『愛蔵版　初ものがたり』（PHP研究所）刊行。八月、『R.P.G.』（集英社文庫）刊行。九月、『人質カノン』（文春文庫）、『天狗風　霊験お初捕物控二』（講談社文庫）刊行。十一月、『堪忍箱』（新潮文庫）、『ドリームバスター』（徳間書店）刊行。

二〇〇二（平成十四）**年**　**四十二歳**

三月、『あかんべえ』（PHP研究所）刊行。五月、『今夜は眠れない』（角川文庫）刊行。六月八日、映画『模倣犯』公開。（森田芳光監督）八月、『理由』（朝日文庫）刊行。九月、『クロスファイア』（光文社文庫）刊行。十一月、『夢にも思わない』（角川文庫）、『チチンプイプイ』（文春文庫）刊行。

二〇〇三（平成十五）**年**　**四十三歳**

三月、『ブレイブ・ストーリー』（角川書店）刊行。四月、『ブレイブ・ストーリー　愛蔵版』（角川書店）、『ドリームバスター2』（徳間書店）、『あやし』（角川文庫）刊行。十一月、『誰か―somebody』（実業之日本社）刊行。

二〇〇四（平成十六）**年**　**四十四歳**

四月、コミック『ブレイブ・ストーリー～新説～1』（画・小野洋一郎。新潮社BUNCH COMIC、全二十巻）刊行。『ぼんくら』（講談社文庫）刊行。六月、絵本『ぱんぷくりん　鶴之巻』『ぱんぷくりん　亀之巻』（イラスト・黒鉄ヒロシ、PHP研究所）刊行。ゲームノベライズ『ICO―霧の城―』（講談社）刊行。『理由』（新潮文庫）刊行。九月、『Shadow Family』（『R.P.G』英訳。ジュリエット・ウィンターズ・カーペンター訳、講談社インターナショナル）刊行。十二月、『日暮し』（講談社）刊行。

二〇〇五（平成十七）**年　四十五歳**

六月、『孤宿の人』（新人物往来社）刊行。八月、『誰か―somebody』（光文社カッパ・ノベルス）刊行。十月、『ステップファザー・ステップ　屋根から落ちてきたお父さん』（講談社青い鳥文庫）刊行。十一月、『模倣犯』（新潮文庫）刊行。

二〇〇六（平成十八）**年　四十六歳**

三月、『ドリームバスター3』（徳間書店）刊行。五月、『ブレイブ・ストーリー』（角川文庫）、『ブレイブ・ストーリー』（角川スニーカ文庫）刊行。六月、『日本推理作家協会賞受賞作全集〈67〉龍は眠る』（双葉文庫）刊行。七月、アニメ映画『ブレイブ・ストーリー』公開。（千明孝一監督）コミック『ブレイブ・ストーリー』（画・姫川明。小学館てんとう虫コミックススペシャル、全一巻）刊行。八月、『名もなき毒』（幻冬舎）刊行。第四十一回吉川英治文学賞受賞。十月、『この子だれの子』（講談社青い鳥文庫）刊行。十一月、コミック『霊験お初捕物控』（画・坂口よしを。秋田書店プリンセスコミックスデラックス、全四巻）刊行。十二月、『あかんべえ』（新潮文庫）刊行。

二〇〇七（平成十九）**年　四十七歳**

三月、『かまいたち』（講談社青い鳥文庫）刊行。五月、『ドリームバスター4』（徳間書店）刊行。七月、『Crossfire』（岩渕デボラ・磯崎アンナ訳、講談社USA）刊行。八月、『楽園』（文藝春秋）、『BRAVE STORY』（アレクサンダー・O・スミス訳、VIZ Media）、コミック『ドリームバスター』（画・中平正彦。徳間書店リュウコミックス、全七巻）刊行。十月、『The Devil's Whisper』（『魔術はささやく』英訳。岩渕デボラ訳、講談社USA）刊行。十一月、『あやし』（角川ホラー文庫）刊行。十二月、『誰か―somebody』（文春文庫）刊行。

二〇〇八（平成二十）**年　四十八歳**

一月、『魔術はささやく』『パーフェクト・ブルー』『我らが隣人の犯罪』（新潮社、宮部みゆきアーリーコレクション）刊行。二月、『レベル7』（新潮社、宮部みゆきアーリーコレクション）刊行。三月、『淋しい狩人』（新潮社、宮部みゆきアーリーコレクション）、『今夜は眠れない』（講談社青い鳥文庫）、『ステップファザー・ステップ　屋根から落ちてきたお父さん』（講談社青い鳥文庫―ＳＬシリーズ）刊行。四月、『マサの留守番―蓮見探偵事務所事件簿』（『心とろかすような』改題、講談社青い鳥文庫）刊行。五月、『平成お徒歩日記』（新潮社、宮部みゆきアーリーコレクション）、『孤宿の人』（新人物ノベルス）、『ステップファザー・ステップ』（講談社ＭＯＯＫ講談社ペーパーバックスＫ）刊行。六月『ＩＣＯ―霧の城』（講談社ノベルス）刊行。七月、『おそろし　三島屋変調百物語事始』（角川書店）刊行。九月、コミック『クロスファイア』（構成・もりしげる、画・藤森ゆゆ缶。メディアファクトリーＭＦコミックス、全二巻）刊行。八月、コミック『スナーク狩り』（画・オオイシヒロト。新潮社ＢＵＮＣＨ ＣＯＭＩＣＳ、全三巻）、この年、『BRAVE STORY』でミルドレッド・Ｌ・バチェルダー賞受賞。

二〇〇九（平成二十一）**年**　**四十九歳**

一月、『ドリームバスター〈1〉』（ＴＯＫＵＭＡ ＮＯＶＥＬＳ ＥＤＧＥ）刊行。二月、『英雄の書』（毎日新聞社）刊行。四月、コミック『天狗風』（画・坂口よしを。秋田書店プリンセスコミックスデラックス、全二巻）刊行。五月、『名もなき毒』（光文社カッパ・ノベルス）刊行。六月、『ブレイブ・ストーリー（1）幽霊ビル』（角川つばさ文庫）刊行。七月、『ドリームバスター〈2〉』（ＴＯＫＵＭＡ ＮＯＶＥＬＳ ＥＤＧＥ）刊行。九月、『ブレイブ・ストーリー（2）幻界』（角川つばさ文庫）、コミック『クロスファイア　アナザーストーリー』（構成・もりしげる、画・藤森ゆゆ缶。メディアファクトリーＭＦコミックス、全一巻）刊行。十一月、『孤宿の人』（新潮文庫）刊行。

二〇一〇（平成二十二）**年**　**五十歳**

一月、『ドリームバスター〈3〉』（ＴＯＫＵＭＡ ＮＯＶＥＬＳ ＥＤＧＥ）刊行。二月、『楽園』（文春文庫）刊行。四月、『ブレイブ・ストーリー（3）再会』（角川つばさ文庫）、『The Sleeping Dragon』（岩渕デボラ訳、講談社ＵＳＡ）刊行。五月『小暮写眞館』（講談社）刊行。六月、『おそろし　三島屋変調百物語事始』（新人物ノベルス）、『ブレイブ・ストーリー（4）運命の塔』（角川つばさ文庫）刊行。七月、『あんじゅう　三島屋変調百物語事続』（中央公論新社）、『ドリームバスター〈4〉』（ＴＯＫＵＭＡ ＮＯＶＥＬＳ ＥＤＧＥ）刊行。八月、『ドリームバスター〈5〉』（ＴＯＫＵＭＡ ＮＯＶＥＬＳ ＥＤＧＥ）、コミック『ぼんくら』（画・菊地昭夫。ＰＨＰコミックス、全一巻）刊行。十月、『ぱんぷくりん』（ＰＨＰ文芸文庫）

刊行。十一月、『ＩＣＯ—霧の城—』（講談社文庫）刊行。

二〇一一（平成二十三）年　五十一歳

三月、『ばんば憑き』（角川書店）刊行。五月、『英雄の書』（光文社カッパ・ノベルス）刊行。七月、『チヨ子』（光文社文庫）、『鳩笛草—燔祭／朽ちてゆくまで』『スナーク狩り』『長い長い殺人』『クロスファイア』（光文社文庫プレミアム）刊行。九月、『日暮し（新装版）』（講談社文庫）、『刑事の子』（光文社ＢＯＯＫ　ＷＩＴＨ　ＹＯＵ）、『おまえさん』（講談社）、『おまえさん』（講談社文庫）刊行。八月、『ICO：Castle in the Mist』（アレクサンダー・O・スミス訳、VIZ Media）刊行。十月、絵本『悪い本（怪談えほん1）』（監修・東雅夫、イラスト・吉田尚令。岩崎書店）刊行。十一月、『The Book of Heroes』（アレクサンダー・O・スミス訳、VIZ Media）刊行。十二月、『名もなき毒』（文春文庫）刊行。

二〇一二（平成二十四）年　五十二歳

二月、『あんじゅう』（新人物ノベルス）、コミック『お江戸ふしぎ噺　あやし』（画・皇なつき。角川書店怪ＣＯＭＩＣ、全一巻）、『ここはボツコニアン』（集英社）刊行。四月、『おそろし　三島屋変調百物語事始』（角川文庫）刊行。六月、『英雄の書』（新潮文庫）刊行。七月、『あやし』『ばんば憑き』（新人物ノベルス）刊行。八月、『ソロモンの偽証第一部　事件』（新潮社）刊行。九月、『ソロモンの偽証第二部　決意』（新潮社）刊行。十月、『ソロモンの偽証第三部　法廷』（新潮社）刊行。十一月、『ここはボツコニアン2』（集英社）刊行。

二〇一三（平成二十五）年　五十三歳

一月、『ソロモンの偽証』が二〇一三年本屋大賞にノミネート。二月、『桜ほうさら』（ＰＨＰ研究所）刊行。

（国文学研究者）

現代女性作家読本 ⑯

宮部みゆき

発　行――二〇一三年四月二〇日
編　者――現代女性作家読本刊行会
発行者――加曽利達孝
発行所――鼎　書　房　http://www.kanae-shobo.com
〒132-0031　東京都江戸川区松島二―一七―二
TEL・FAX　〇三―三六五四―一〇六四
印刷所――イイジマ・互恵
製本所――エイワ

表紙装幀――しまうまデザイン

ISBN978-4-907282-01-1　C0095

現代女性作家読本

（第一期・全10巻・完結）

原　善編「川上弘美」
髙根沢紀子編「小川洋子」
川村　湊編「津島佑子」
清水良典編「笙野頼子」
清水良典編「松浦理英子」
与那覇恵子編「髙樹のぶ子」
髙根沢紀子編「多和田葉子」
川村　湊編「柳　美里」
原　善編「山田詠美」
与那覇恵子編「中沢けい」

（第二期・全10巻）

刊行会編「江國香織」
〃「長野まゆみ」
〃「よしもとばなな」
〃「恩田　陸」
〃「角田光代」
〃「宮部みゆき」

別巻②　立教女学院短期大学編「西　加奈子」

【続刊】（書目の変更もあります）

刊行会編「桐野夏生」
〃「林　真理子」
〃「山本文緒」
〃「板東眞砂子」